BERND LEIX

Waldstadt

DIE SCHLINGE ZIEHT SICH ZU Die Angst geht um in Karlsruhe: Seit Wochen treibt ein Serienkiller im Hardtwald, unweit des Stadtteils Waldstadt, sein Unwesen. Immer wieder legt sich im Schutze der Nacht dieselbe Drahtschlinge schnell und unbarmherzig um die Hälse der nichts ahnenden Opfer, die der Täter scheinbar wahllos auswählt. Hauptkommissar Oskar Lindt verfolgt als Leiter einer kopfstarken Sonderkommission Hunderte von Spuren – ohne nennenswerte Ergebnisse. Sein Gegner erscheint übermächtig, Lindt verliert zunehmend Mut und Energie. Und die Angst der Bevölkerung wächst. Denn auch aus dem nahen Schwarzwald wird der Fund einer Leiche gemeldet, und auch bei diesem Toten ist die Handschrift des Schlingenmörders unverkennbar ...

 *Bernd Leix ist Schwarzwälder durch und durch. Er hat Forstwirtschaft studiert, lebt und arbeitet in Freudenstadt. Als Revierförster betreute er viele Jahrzehnte die Wälder rings um das Klosterstädtchen Alpirsbach. Zuvor war er einige Zeit im von Kriminalität durchdrungenen Karlsruher Hardtwald tätig. Deshalb machte er anfangs die badische Fächerstadt zum Schauplatz seiner Krimis um den behäbigen, Pfeife rauchenden Kommissar Oskar Lindt. Doch der Mordermittler aus der badischen Großstadt ist schwarzwaldbegeistert und wird geradezu von den dunklen Wäldern und den dort geschehenen Verbrechen angezogen.*

BERND LEIX

Waldstadt

OSKAR LINDTS VIERTER FALL

GMEINER

Immer informiert

Spannung pur – mit unserem Newsletter informieren wir Sie regelmäßig über Wissenswertes aus unserer Bücherwelt.

Gefällt mir!

Facebook: @Gmeiner.Verlag
Instagram: @gmeinerverlag

Besuchen Sie uns im Internet:
www.gmeiner-verlag.de

© 2007 – Gmeiner-Verlag GmbH
Im Ehnried 5, 88605 Meßkirch
Telefon 07575 / 2095 - 0
info@gmeiner-verlag.de
Alle Rechte vorbehalten
9. Auflage 2025

Lektorat: Claudia Senghaas, Kirchardt
Satz: Mirjam Hecht
Umschlaggestaltung: U.O.R.G. Lutz Eberle, Stuttgart
unter Verwendung eines Fotos von pixelquelle.de
Druck: Custom Printing Warschau
Printed in Poland
ISBN 978-3-89977-730-7

1

Stockdunkel sind die Nächte im Karlsruher Hardtwald eigentlich nie. Die unzähligen Lichter der Stadt bringen immer eine leichte Helligkeit zwischen die alten Kiefern und Eichen. Sie reflektieren an niedrigen Wolken oder verstärken das Mondlicht bei klarem Himmel.

Auch über der Stutenseer Allee lag in der Juninacht ein leichter Schimmer.

Er konnte das leichte Restlicht gut wahrnehmen, seine Augen hatten sich daran gewöhnt, denn er wartete schon über eine Stunde am Rand der schnurgeraden Allee im Schatten eines dicken Kiefernstammes.

Die Radfahrer, die ab und zu vorbeikamen, bemerkten ihn nicht. Sie sahen nur, was im Schein ihres Lichtkegels auftauchte. Genauso die beiden Joggerpärchen, deren auf- und niederhüpfende Stirnlampen er schon von Weitem kommen sah.

Vor einem Hund musste er sich eher in Acht nehmen, doch auch das machte ihm nur wenig Sorgen. Den Fußpfad ins Innere des Dickichts schaffte er mit geschlossenen Augen. 20, 30 Mal hatte er geübt, bei Tag, dann in der Dämmerung, schließlich bei vollständiger Dunkelheit. Die Zahl seiner Schritte bis zur nächsten Biegung zählte er ab. Die Strecke war freigeräumt, kein Ästchen, über das er hätte stolpern können. Schließlich ging sein Trampelpfad in einen etwas breiteren Weg über. Weiter hinten floss der Verkehr auf der Theodor-Heuss-Allee in Richtung Waldstadt.

Mit dieser Rückzugsmöglichkeit und einer vollen Dose Pfefferspray für ganz aufdringliche Köter fühlte er sich gut gerüstet.

Lange hatte er nach den dunklen Sportschuhen gesucht. Es gab fast nur Modelle mit reflektierenden Einsätzen, doch schließlich entdeckte er auf dem Flohmarkt ein älteres Paar schwarze Reeboks. Jeans und Sweatshirt, ebenfalls in Schwarz, machten ihn nahezu unsichtbar. Eine dünne Motorradmaske ließ nur die Augen frei und genarbte Lederhandschuhe in kohlenstaubfarbenem Anthrazit schützten seine Hände.

Zufrieden lehnte er sich an den Baum. Seine vierte Nacht an diesem Platz. Fünf lange Schritte bis zur Mitte der Fahrbahn.

Trotz der Dunkelheit war reger Verkehr auf der Allee. Viele Radler nahmen diese Waldstrecke, wenn sie von der City nach Hause fuhren. Die einen in die Waldstadt, manche nach Büchig oder Blankenloch. Auch ein paar Läufer trabten vorbei, meist mit den Stöpseln eines MP3-Players in den Ohren. Von keinem wurde er wahrgenommen.

Nach Mitternacht kam fast niemand mehr.

Er schaute Richtung Schloss, dem Ursprung aller Hardtwald-Alleen. Von dort verliefen sie wie Lichtstrahlen, wie ein Fächer. Nach Norden in den Wald, nach Süden in die Stadt hinein, in die Fächerstadt.

Er bemerkte ein einzelnes Licht. Es kam langsam näher. Ein Schauer durchlief ihn. Denselben Schauer hatte er auch gespürt, wenn er es sich vorstellte. Elektrisierend, wohlig, fröstelnd, ängstlich, erwartungsvoll.

Das erste Mal, die Premiere. Er musste es tun. Bis ins Kleinste war alles ausgetüftelt. Wenn kein weiteres Licht kam …

Er schrak zusammen. Hinter ihm im Bodenlaub ein Rascheln. Es waren nur zwei Mäuschen, leise wispernd. Draußen im Gras an der langen Allee konnten sie leichte Beute einer lautlos jagenden Eule werden. Weiter drin waren sie geschützt, da drohten ihnen allenfalls Fuchs oder Wiesel.

Auch er stand verdeckt, fühlte die Kiefernborke. Mal glatt, mal rau, er konnte es sogar durch das Leder spüren, handbreite Stücke, abblätternd, dazwischen tiefe Furchen.

Gebannt starrte er auf den langsam größer werdenden Lichtpunkt. In der anderen Richtung? Dunkelheit!

Es würde passen, jetzt, in dieser Juninacht.

Er schob die Hände in die Taschen seines Kapuzenshirts und spürte das flexible Metall.

Carsten Blees war in Gedanken. Die zwei Mädchen auf dem Sommerfest der Uni, spärlich bekleidet zeigten sie viel Haut in der warmen Nacht. Die legen es doch drauf an, hatte er gedacht. Langsam waren sie sich nähergekommen, er holte sich noch ein Bier und kam zurück, leer der Platz, es sollte wohl nicht sein. Er ärgerte sich und trat fester in die Pedale.

20 Minuten noch. Auch bei Dämmerlicht war er auf der Stutenseer Allee schon öfter mal heimwärts gefahren. So tief in der Nacht zwar noch nie, aber viele Abzweigungen gab es ja nicht.

Ein schwarzer Schatten stürzte von rechts auf ihn zu, prallte hart mit ihm zusammen, warf ihn um, stieß ihn samt Rad zu Boden.

Er schrie vor Schmerz auf, zwei Sekunden lang, dann schnürte ihm der biegsame Draht die Kehle zu. Er versuchte, sich zu wehren, ruderte panisch durch die Luft, bekam aber nichts zu fassen. Ruckartig riss es ihn nach hinten weg.

Er wollte seine Finger unter die Schlinge bohren, doch die schnitt sich bereits tief in den Hals. Weit offen sein Mund, kein Ton drang mehr heraus. Unbarmherzig zog es ihn rückwärts ins Unterholz. Er versuchte, Zweige zu greifen, vergeblich. Immer schneller zerrte es an ihm. Verzweifelt schlug er wild um sich, krallte in den Boden.

Die Luft blieb ihm weg. Seine Bewegungen erschlafften.

Noch eine Minute bebte der Schwarze und zog mit aller Kraft seiner muskulösen Arme an den kurzen Hölzchen, die er an den Enden des dünnen Stahlseils verknotet hatte. Bis er sich völlig sicher war.

Dann schleifte er sein Opfer weiter und ließ es im Dickicht fallen. Genau an der Stelle, die er sich seit Tagen dafür ausgesucht hatte. Kaum konnte er das Gesicht erkennen. Nur die Augen, die weit hervorgequollen waren. Er drehte Carsten Blees auf den Bauch.

Am ganzen Körper zitternd öffnete er die Schlinge. Auf seinem Pfad hastete er zurück zur Allee. Nirgends ein Licht! Er lehnte sich nochmals an den Baum und versuchte, ruhiger zu werden. Langsam konnte er wieder tiefer atmen.

Die Akkulampe am Fahrrad brannte noch. Nur das Schutzglas war zerbröselt. Der Schwarze schwang sich auf den Sattel. Allmählich wich sein Schaudern einem ungekannten Gefühl.

Es dauerte 48 Stunden, bis er vermisst wurde, und weitere drei heiße Sommertage, bis ein Cockerspaniel dem Geruch folgte.

Die Joggerin sah ihren dunkelblond gelockten Hund im Unterholz verschwinden, dachte an eine frische Wildspur und lief unbesorgt weiter. Nach 200 Metern blieb sie stehen, schaute zurück, machte unschlüssig einige Stretchingübungen, ärgerte sich und drehte um.

Sie rief, sie pfiff, ohne Erfolg.

Sie erkannte die Stelle wieder, an der ihr Begleiter abgebogen war. Ein schmaler Pfad, sie hielt ihn für einen Wildwechsel.

In einem besonders dichten Nest von Traubenkirschbüschen fand sie ihren Hund. Allerdings buddelte er nicht in einem Kaninchenloch und wälzte sich auch nicht in den Resten einer halbverwesenen Katze.

Sie sah Turnschuhe, Jeans, dann alles.

Der Mann, an den sich der Spaniel nicht näher als einen halben Meter herantraute, lag auf dem Bauch. Vorsichtig folgte die Joggerin dem Beispiel ihres Hundes und schlug einen Halbkreis, bis sie das Gesicht sehen konnte. Der Kopf war zur Seite gedreht, das dick aus seiner Höhle getretene Auge starrte matt ins Leere. Ein schmaler schwarzer Käfer krabbelte aus dem Gehörgang. Entsetzt wich sie zurück.

»Er ist erst im Frühjahr bei uns eingezogen, gut kannten wir ihn noch gar nicht«, bekam Oskar Lindt als Auskunft. »Elektrotechnik war sein Fach, seit dem Sommersemester. Kam aus einem Ort irgendwo im Saarland.«

Die beiden Mitbewohner der WG in Blankenloch öffneten den Kripobeamten das Zimmer von Carsten Blees.

»Moment noch«, stoppte Lindt die Spurensicherung. »Ich will mich erst mal umschauen, bevor ihr hier alles auf den Kopf stellt.« Wortlos reichte ihm einer der Techniker ein Paar Latexhandschuhe.

Zehn Minuten später zuckte der Kommissar resigniert die Schultern und überließ der SpuSi das Feld. Im Gehen zeigte er noch auf den Laptop, der auf dem Schreibtisch lag.

»Klar doch, nehmen wir gründlich unter die Lupe.«

Trotz des starken Verwesungsgeruchs, der von dem aufgeblähten Körper ausging, hatte sich der Chef der Karlsruher Mordkommission auch am Tatort ziemlich lange Zeit gelassen. Eine Schleifspur führte von der Stutenseer Allee bis zum Fundort der Leiche. Einige durchsichtige Brösel, Bruchstücke einer Fahrradlampe, wie sich später im Labor herausstellte, waren alles, was auf dem viel genutzten Waldweg gesichert werden konnte.

Ludwig Willms, Leiter der KTU, machte den Ermittlern wenig Hoffnung: »Wisst ihr, wie viele Radfahrer hier Tag und Nacht im Hardtwald unterwegs sind? Hunderte, ach was, Tausende! Da liegen doch alle zehn Meter irgendwelche Fahrradteile.«

Die Marke der LED-Leuchte war inzwischen

bekannt, aber nur deshalb, weil Willms sich das gleiche, recht teure Modell vor Kurzem für sein eigenes Triathlonrad gekauft hatte.

Außer diesen Bruchstücken fand sich in der Umgebung des Toten rein gar nichts, was die Untersuchung hätte beschleunigen können.

Der Notarzt wies wortlos auf die dunkelrote, ringförmige Spur am Hals hin, hielt sich dabei aber die Hand vor den Mund und suchte schnell das Weite.

In der Heidelberger Rechtsmedizin wagten Oskar Lindt und sein langjähriger Partner Paul Wellmann am darauffolgenden Tag nochmals einen Blick auf den strangulierten Studenten. Nach der Obduktion und Entnahme der inneren Organe hatten sich die üblen Gerüche fast völlig verflüchtigt. Die rothaarige Gerichtsmedizinerin, Lindt schätzte sie auf Ende 30, erklärte die Todesursache in aller Ausführlichkeit.

»Der konnte sicherlich keinen Laut mehr von sich geben. Ein geschmeidiger Draht, ein kräftiger Ruck, blitzartig war Feierabend!« Sie holte ein Blatt von ihrem Schreibtisch: »Wir haben Zinkpartikel gefunden.«

»Sie meinen, jemand hat ihm eine Schlinge ...?«, wollte Wellmann wissen.

»Ja, fast wie im Wildwestroman, nur war das kein Hase, der darin zappelte, sondern dieser blonde, gut aussehende und gut gebaute junge Mann, gerade mal 20 geworden.«

Lindt nickte. Die Geldbörse mit den Ausweispapieren hatte aus der Gesäßtasche der Jeans geragt.

»Unter den Fingernägeln?«

»Nur Waldboden, Sandkörner, Blätter- und Grasreste, aber keinerlei Faserspuren und auch nichts, von dem wir eine DNA hätten abnehmen können.«

»Wie lange dauerte wohl sein Todeskampf?«

Die Rothaarige zeigte auf den mittlerweile schwarzen, teilweise blutverkrusteten Ring am Hals des Toten: »Der Kehlkopf wurde völlig eingedrückt. Eine, allerhöchstens zwei Minuten.«

Die Kommissare versuchten, sich das Geschehen bildlich vorzustellen. »So lange vielleicht, wie er rückwärts geschleppt wurde.« Sie blickten wieder zum Edelstahltisch, auf dem Carsten Blees lag. Seine Augen waren immer noch unnatürlich weit nach außen gewölbt. Wellmann wandte sich ab und auch Lindt konnte den grausigen Anblick nicht mehr länger ertragen.

Sie schauten sich an.

»Oskar, dieser Draht mit den zwei Holzstückchen an den Enden ...«

Lindt nickte. »Eine Garotte! War mal sehr beliebt in Südfrankreich.«

»Schauen Sie sich denn in Ihrer Freizeit auch noch alte Gangsterfilme an?« Die Ärztin schüttelte irritiert den Kopf. »Haben Sie nicht genug an dem da?«

2

Der Todeszeitpunkt musste ungefähr gegen Mitternacht gewesen sein. Jan Sternbergs Recherchen bestätigten die Ergebnisse der Gerichtsmedizin, als seine beiden älteren Kollegen wieder von Heidelberg ins Karlsruher Polizeipräsidium zurückkehrten.

Carsten Blees war beim Uni-Sommerfest gewesen und dort von zwei Kommilitoninnen noch um halb 12 gesehen worden.

»Er wurde denen aber zu aufdringlich, da haben sie sich lieber schnell verdrückt. Die lauen Sommernächte … scheint auf ein Abenteuer aus gewesen zu sein«, grinste Sternberg.

»Ein paar Bierchen hatte er auch intus«, tippte Paul Wellmann auf den Laborbericht mit den Blutwerten.

Lindt erinnerte sich: »Von einer festen Freundin haben die beiden aus seiner WG nichts gewusst. Ein paar Mal war er anscheinend über Nacht weg, aber als sie ihn damit aufziehen wollten, hatte er nur vielsagend gegrinst.«

»Auch an der Uni konnte uns niemand was sagen.« Sternberg und zwei weitere Kollegen hatten sich dort einige Stunden lang intensiv umgehört. »Beim Sommerfest gab es nichts Außergewöhnliches.«

»Wenn ihm einer gefolgt wäre, auf der Heimfahrt, mit dem Rad?«, mutmaßte Paul Wellmann.

»Genau daran habe ich gedacht und gezielt rumge-fragt«, berichtete Sternberg. »Eifersucht, Freundin aus-gespannt, aber keiner wusste was. Streit oder andere Auffälligkeiten – nichts!«

»Plakate?«, schaute ihn Lindt an.

»Schon im Druck, Chef. 30 für die Uni, noch mal 60 in der Stadt und in Blankenloch.«

»Gut, was noch?« Der Chef der Karlsruher Mord-kommission begann, eine seiner vielen Pfeifen zu stop-fen.

»Zeitungen, Radio, Fernsehen. Ich schreib mal einen Entwurf für die Pressestelle«, machte sich Paul Well-mann an die Arbeit.

Lindt riss ein Streichholz an und hielt es an den Tabak.

»Bestimmt eine Beziehungstat, auch, wenn ihr noch nichts rausgefunden habt«, sinnierte er unter den ers-ten aufsteigenden Rauchwolken.

»Und zwar gut vorbereitet, Oskar. Oder hast du immer eine Garotte in der Tasche?«

»Stimmt, Paul. Keine Tat im Affekt.«

Sternberg war entsetzt. »Echt, so eine Drahtschlinge? Dann war es ja ein Killer, ein Profi.«

»In Heidelberg haben sie Zinkspuren gefunden. Ver-zinkter Draht.« Lindt zögerte: »So ganz verstehe ich das allerdings nicht. Diese Schicht ist doch als Rost-schutz gedacht …«

»Und macht den Draht störrisch«, führte Sternberg den Gedanken fort. »Eine Schlinge muss aber flexibel sein, weich, biegsam.«

Sein Vorgesetzter erhob sich und ging zur Tür: »In Neureut kenne ich ein Eisenwarengeschäft.«

Er drehte sich noch einmal um: »Ach, ich nehm das Rad. Wenn was ist, könnt ihr mich ja abholen.«

Der Leiter der Mordkommission verschwand, ehe einer antworten konnte, und ließ zwei sprachlose Kollegen zurück.

»Das glaub ich jetzt nicht, Paul, und du?«

»Der Oskar«, schüttelte Wellmann den Kopf, »... wird auf seine alten Tage noch sportlich.«

»Nach Neureut, bis rein in den Ort, das sind doch mindestens ...«

»Ne Stunde braucht er sicher, aber schau doch raus, Jan, bei dem tollen Wetter.«

»Alles klar, Chef seilt sich ab, Vergnügen im Dienst, na von mir aus.«

»Manchmal fällt ihm ja was Geniales ein, wenn er so alleine unterwegs ist.«

Das Einzige, was Lindt am Rad fahren störte, war, dass er nebenbei nicht noch Pfeife rauchen konnte. Er hatte es natürlich schon probiert, aber der Fahrtwind blies ihm immer mächtig in den Pfeifenkopf, nahm die ganze Asche mit und fachte das Feuer unangenehm an. Vielleicht sollte ich mir mal eine mit Deckel kaufen, ging es ihm durch den Kopf.

Außerdem, lächelte er vor sich hin, als er den Schlossgarten durchquert hatte und sich hinter der Mauer für die Linkenheimer Allee entschied, funkensprühend jetzt im Sommer durch den trockenen Hardtwald zu radeln, das dürfte den Förstern hier nicht gerade gefallen.

Oben auf der Fußgängerbrücke stieg er ab, lehnte an das Geländer und betrachtete eine Weile nachdenklich den Verkehr unter sich auf dem vierspurigen Adenauerring.

Hätte dieser Student ein Auto genommen, wäre er jetzt vielleicht noch am Leben – oder er wäre besoffen gegen einen Baum gerauscht, wer weiß, hing er seinen Gedanken nach. An den Straßen rings um Karlsruhe standen genügend Kreuze. Möglicherweise hat er seinen Mörder ja auch beim Unifest kennen gelernt …

Lindt schaute gedankenversunken hoch zum blauen, wolkenlosen Himmel.

Mörder? Mörderin? Konnte eine Frau die Kraft aufbringen, die es brauchte, um eine Schlinge lange und fest genug zuzuziehen? Sicher hatte sich Carsten Blees auch gewehrt. Nein, das konnte nur ein Mann getan haben.

Andererseits … Unter seinen Kolleginnen konnte sich der Kommissar auf Anhieb einige vorstellen, denen er für eine solche Tat genügend Kraft zutrauen würde. Dienstsport und dann noch ins Fitnesscenter …

Lindt rieb sich die Augen. Egal, ob Mann oder Frau, wieso überhaupt? Wieso brachte jemand ausgerechnet diesen Studenten um?

Erst ein paar Monate hier – er konnte bestimmt noch keinen großen Bekanntenkreis haben.

Vielleicht eine Sache von früher. Sternberg hatte den Auftrag, sich um den Lebenslauf zu kümmern.

Wahrscheinlich müssen wir noch ins Saarland … Die Eltern waren nur kurz in Heidelberg gewesen, um ihren Sohn zu identifizieren. Lindt hatte sie knapp verpasst.

Freunde, Nachbarn? In Kaiserslautern, wo Blees die ersten beiden Semester verbracht hatte, war die dortige Kripo bereits an der Arbeit.

Der Kommissar seufzte. Anscheinend so laut und tief, dass er hinter sich eine Stimme hörte: »Ist Ihnen nicht gut, kommen Sie lieber runter von der Brück.«

Ein Rentnerpaar beim Spaziergang schien sich Sorgen zu machen. »Schauen Sie, so schönes Wetter. Es gibt doch für alles einen Ausweg.«

Lindt zuckte zusammen. Machte er wirklich einen derart depressiven Eindruck? Er lächelte: »Also gut, dann halt heut noch nicht!«, schwang sich aufs Rad und ließ die beiden verdutzt stehen.

Die Brückenabfahrt gab ihm Schwung und er freute sich, dass der Fahrtwind die Schweißperlen auf seiner Stirn trocknete. Gerade im Sommer nahm er für kurze Strecken gerne sein altes Damenrad. In der Stadt hatte er dadurch keine Parkplatzprobleme, über die Staus konnte er nur lachen und besonders anstrengend war Rad fahren im topfebenen Karlsruhe nun wirklich nicht. Zumindest nicht bei der gemächlichen Geschwindigkeit, mit der er sich üblicherweise fortbewegte.

Jetzt hatte er allerdings eine schlechte Tageszeit gewählt. Gegen Mittag schien die Sonne von Süden her voll in die Allee. Er fühlte, wie sein Hemd am Rücken schon wieder feucht wurde. Nur ab und zu eine schattige Strecke, wenn die Kronen großer Roteichen ihre dicht belaubten Äste weit hereinstreckten.

Als er in die Rintheimer Querallee einbog, verbesserte sich die Situation wieder. Ein paar dicke Holzrollen neben dem Weg – ideal für eine kurze Rast. Er stieg ab und suchte sich einen bequemen Sitzplatz.

Nachdenklich beobachtete der Kriminalist die vorbeifahrenden Radler.

Wie ermordet man am besten nachts im Wald einen Radfahrer, ohne dabei aufzufallen?

Er wurde sich immer sicherer. Eigentlich war es ihm schon die ganze Zeit klar gewesen. Radfahrender Mörder verfolgt radfahrendes Opfer. Unauffälliger ginge es kaum.

»Hallo, Herr Lindt!« Ein junger Mann legte eine meterlange Bremsspur hin und brachte mit gekonntem Schwung sein Mountainbike direkt vor dem Knie des Kommissars zum Stehen.

Er schob seine Sonnenbrille nach oben ins Haar. »Da lässt es sich aushalten!«

Lindt erkannte ihn gleich. Seit knapp zwei Jahren wohnten sie in der Waldstadt unter demselben Dach. Carla und Oskar Lindt im ersten Stock, er ganz oben in einer engen Zwei-Zimmer-Wohnung.

»Sie kommen sicher gerade von Ihrer Schule«, mutmaßte der Kommissar. Gelegentlich wechselten sie ein paar Worte im Treppenhaus und so wusste Lindt, dass er in der Neureuter Realschule Biologie und Sport unterrichtete. Der Lehrer nickte mit gequältem Gesichtsausdruck: »Heut Nachmittag haben mir es die Neuner nicht gerade leicht gemacht. Eigentlich ganz interessant, dachte ich mir, so eine Projektarbeit über das Innenleben eines Ameisenhaufens, aber …« Er legte die Stirn in Falten und schüttelte den Kopf. »Vielleicht war es einfach zu warm.«

»Und in einem schwierigen Alter sind die halt auch«, lächelte Lindt versonnen. »Wenn ich da an meine Töchter zurückdenke … oh je …«

»Ja, ja, mit einer Party am Baggersee kann der Biounterricht halt nicht konkurrieren.«

Lindt sah ihm nach, wie er kräftig in die Pedale trat

und seinen Frust an den staubigen Wegen des Hardt-waldes auslieβ.

Auch der Kommissar schwang sich wieder in den Sattel und erreichte bald sein Ziel.

»Nein, ich möchte keinen Draht kaufen, nur anschauen.« Die ältere Verkäuferin in der stahlblauen Kittelschürze sagte erst mal nichts.

»Verzinkt müsste er sein, verzinkt und doch ganz biegsam.«

Sie schaute ihn schief an: »Ja wie, jetzt wollen Sie doch was kaufen?«

»Nein, nein, aber anfassen vielleicht. Spüren, wie er sich anfühlt.«

»Also bitte!« Die Frau hinter der Theke fühlte sich offensichtlich verschaukelt. Unterhalb ihrer grauen Kurz-haarfrisur registrierte Lindt eine zunehmende Rotfärbung.

»Ich muss wissen, mit welchem Draht man am besten …« Er beschrieb mit seinem Zeigefinger einen eindeutigen Kreis um den Hals.

Jetzt war es mit ihrer Fassung endgültig vorbei. »Was«, kreischte sie im höchsten Kirchenchor-Sopran, »was wollen Sie? Einen Draht, zum sich uffhänge? Ha, da nimmt man doch einen Strick!« Sie stutzte: »Aber wenn ich mirs recht überleg, der Dings, na, so ein alter Bauer aus Eggenstein, der hat vor zwei Jahr einfach ein Stück Weidedraht von seinen Rindviechern genommen, das hat auch funktioniert.« Erschreckt schlug sie sich die Hände vor den Mund, denn vier Kundinnen schauten völlig perplex aus der Haushaltswarenabteilung herüber.

Schleunigst fingerte Oskar Lindt seinen Dienstausweis aus der Gesäßtasche. »Kripo Karlsruhe, Mordkommission.«

Schlagartig entfärbte sich die Verkäuferin wieder. Sie wurde blass, dass ein Kreislaufkollaps unmittelbar bevorzustehen schien.

»Vielleicht haben sie es gehört oder gelesen«, beugte sich Lindt über die Ladentheke und flüsterte fast schon, »der Student, der nachts ermordet worden ist, drüben bei der Waldstadt.«

Ihre Augen wurden größer und größer: »Mit einem Draht von … von uns?«

»Nein, keinesfalls«, versuchte der Kommissar sie zu beschwichtigen. »Wir wissen nur, dass es ein Draht war – und verzinkt. Deshalb wollte ich mal schauen, was es da so gibt.«

Wortlos zeigte die Frau nach hinten: »Da im Lager, zweite Regalreihe. Aber ich, ich komm nicht mit!« Laut aufstöhnend ließ sie sich auf einen Stuhl fallen. »Das ist mir doch zuviel.«

Oskar Lindt verschwand schleunigst zwischen den Regalen mit Schrauben, Nägeln, Türbeschlägen und Dübeln. Bald hatte er gefunden, was er suchte.

Große Rollen mit Drähten in den unterschiedlichsten Dicken und den verschiedensten Metallen waren am Boden aufgestapelt, dünnere Ware lag auf kleinere Haspeln gewickelt im Regal und in mehreren Kunststoffboxen lagerte schließlich der ganz feine Bindedraht, wie ihn die Floristen benutzten.

Er überlegte. Vielleicht könnte die Gerichtsmedizin das verwendete Material noch etwas genauer bestimmen, wenn sie verschiedene Drähte zur Auswahl hätte.

Er ging zurück zur Ladentheke. »Ob ich vielleicht ein paar Probestücke …?«

Die Verkäuferin saß immer noch schwer atmend auf ihrem Stuhl. Wortlos griff sie in eine Schublade, reichte dem Kommissar eine Zange, »ein Bolzenschneider fürs Dickere hängt dort hinten«, und drückte ihm zusätzlich eine große stabile Plastiktüte in die Hand.

Dass einer der beiden Schutzpolizisten im Hof des Präsidiums bei Lindts Anblick halblaut raunte: »Wenn ich mal Hauptkommissar bei der Kripo bin, geh ich auch im Dienst einkaufen«, hörte er zwar, aber es störte ihn nicht weiter. Er lehnte sein altes Damenrad an die Sandsteinmauer, nahm die Tüte mit dem Eisenwaren-Aufdruck vom Lenker und machte sich befriedigt auf den Weg zur Kriminaltechnik, um seinen Einkauf loszuwerden.

»Die Frau hat recht gehabt«, grinste Lindt zwei Tage später vielsagend, als das Ergebnis kam. Mit großer Wahrscheinlichkeit käme ein dünnes Stahlseil als Mordwaffe in Frage, zusammengedreht aus vielen Einzeldrähten und hauptsächlich in der Landwirtschaft für Elektrozäune verwendet. »Ein bewährtes Material; der alte Bauer in Eggenstein hat schon gewusst, was er nimmt.«

Der Schwarze war auch begeistert vom Weidedraht. Dünn, unauffällig in der Tasche zu tragen, dennoch stabil, sehr flexibel und an einer unbenutzten Koppel problemlos in beliebiger Länge abzuzwicken – wie geschaffen für seine Bedürfnisse.

Weniger begeistert war zwar die Führung der Karlsruher Kriminalpolizei von den ausbleibenden Ermittlungsergebnissen, aber Presse und Öffentlichkeit befassten sich mittlerweile schon wieder mit neueren Sensationen.

Konkursverschleppung bei einer einstigen Vorzeigefirma des Softwarebereichs mit 800 akut gefährdeten Arbeitsplätzen ließen den Mord an einem einzelnen und dazu noch auswärtigen, unbekannten Studenten schnell in den Hintergrund treten.

Nur die, die öfter mal mit dem Rad im Hardtwald unterwegs waren, hatten das Ereignis in der Stutenseer Allee noch eine Weile länger im Hinterkopf.

So auch Carla Lindt. In der ersten Zeit nach dem Mord nahm sie die Straßenbahn, um in die Kanzlei zu fahren, wo sie den Schriftverkehr von drei Rechtsanwältinnen organisierte.

Doch schon zwei Wochen später stieg sie wieder aufs Rad – auch, wenn dadurch ihr täglicher Weg am Tatort vorbeiführte.

Oskar hatte sie beruhigt. »Du fährst ja nur bei Tag. Da sind noch jede Menge andere Radfahrer unterwegs. Da wird so was bestimmt nicht passieren. Außerdem kommen wir irgendwann sicher noch drauf, wer mit diesem Studenten eine Rechnung offen hatte.«

Und auch, weil die 47 Spuren, die Lindts Truppe verfolgte, sich allesamt als Sackgassen ohne Ergebnis erwiesen, weil die Ermittlungen im Saarland und in der Pfalz keinerlei verwertbare Ergebnisse brachten und weil sich im familiären Umfeld von Carsten Blees rein gar keine Verdachtsmomente zeigten, sprach bald außerhalb der Kripo fast niemand mehr über den nächtlichen Mord im Hardtwald.

3

Einem passte das allerdings überhaupt nicht. Mehrere Pinnwände in seiner Wohnung waren mit Zeitungsausschnitten gespickt. Mehrere Radioberichte hatte er auf den kleinen Kassetten seines Diktiergeräts und dann als Sprachdateien in seinem PC gespeichert.

Von der Pressekonferenz, die in den Landesnachrichten des Südwestfernsehens ausgestrahlt wurde, fertigte er sogar eine DVD. Staatsanwalt Conradi und Kriminalhauptkommissar Lindt auf einer runden silbernen Scheibe; er hatte sich den Mitschnitt schon mindestens zehn Mal angesehen.

Je mehr die Öffentlichkeit aber das Interesse an seinem Werk verlor, umso weniger spürte er die Befriedigung. Dieses unvergleichliche Gefühl, das sich während der Tat wie eine gewaltige Welle aufgebaut und sich später, als er mit dem Fahrrad des Studenten durch den mitternächtlichen Wald geradelt war, fast bis zum Rausch gesteigert hatte: es verschwand. Jeden Tag ein wenig mehr. Schließlich kam es nur noch in der Schwüle der Nacht, wenn er einsam ausgestreckt auf seinem Bett lag und die Augen fest zudrückte, um die Erinnerung mühevoll wieder herzuholen.

Im Juli wurde der Schwarze von Tag zu Tag unruhiger und bald war ihm klar, dass er dieses Erlebnis unbedingt wiederholen musste.

Er experimentierte mit den verschiedensten Materialien. Die Sisalschnur schien ihm nicht stabil genug. Was, wenn sie im entscheidenden Moment abreißen würde? Nein, sie schied aus.

Das Elektrokabel war zwar schwarz, fest genug und bestimmt sehr biegsam, aber es fühlte sich unangenehm an; außerdem roch es in der Sommerhitze so nach Kunststoff. Nein, auch nicht.

Er suchte im Internet wiederholt unter ›Strangulation‹. Ein Seidenschal war schon häufig benutzt worden, schrieben zumindest englische Autorinnen. Ob sie sich das nur ausgedacht hatten? Er bezweifelte die Wirkung, denn bei einer zu breiten Auflage war der Druck pro Quadratzentimeter möglicherweise nicht hoch genug. Das Opfer könnte vielleicht noch länger um sein Leben kämpfen und ihn irgendwo erwischen. In mehreren Fachbüchern war die Bedeutung von Faserspuren herausgehoben worden. Auf keinen Fall durften sich Fingernägel in sein Sweatshirt krallen.

Er prüfte im Baumarkt eine rote geflochtene Wäscheleine. Kunstfaser, sehr tragfähig, las er auf dem Etikett, doch es war ihm irgendwie zu stillos.

Nein, eines Nachts, als er wieder davon träumte: Das dünne Stahlseil des Weidedrahts sollte sein Markenzeichen werden!

Nur an der Art des Überfalls wollte er noch arbeiten …

Auch das Dreierteam der Mordkommission war tätig. »Wir sind eben zu sehr vom Erfolg verwöhnt, Oskar«, versuchte Paul Wellmann zu trösten.

»Die letzten vier Jahre hatten wir 100 Prozent«, grantelte Lindt, ohne seine Pfeife aus dem Mund zu nehmen.

»Aber meistens war doch am Tatort schon alles klar, Chef, oder die Täter so dumm, dass wir sie leicht überführen konnten«, spielte Jan Sternberg auf den Fall an, wo zwei Meter neben dem halbtot geschlagenen Opfer die Geldbörse des als gewalttätig bekannten Nachbarn im hohen Gras lag.

Lindt zuckte nur mit den Schultern. »Dieses Mal ist es aber anders, ganz anders. Entweder ist es ein sehr intelligenter Gegner oder wir haben was Entscheidendes übersehen.«

Alle schwiegen und arbeiteten sich weiter durch Aktenstapel oder starrten auf Computermonitore.

Sie hatten wirklich alles Mögliche versucht. Am Tatort mehrere denkbare Szenarien nachgestellt, einmal bei Tag, einmal bei Nacht. Fazit: nichts, keine neuen Erkenntnisse!

Jan hatte zusammen mit Ludwig Willms und seinen Kriminaltechnikern eine von Solarzellen gespeiste Webcam bestens getarnt in der Astgabel einer großen Eiche montiert. Tag und Nacht lieferte diese Kamera gestochen scharfe Bilder vom Tatort und allen Personen, die dort vorbeikamen. »Er kehrt bestimmt zurück«, war sich Sternberg felsenfest sicher gewesen, doch auch diese aufwändige Aktion hatte überhaupt nichts Verwertbares gebracht.

Nur Oskar Lindt schaute jetzt öfter auf seinen Bildschirm, denn er konnte Carla und sämtliche Nachbarn, die zur Arbeit oder zum Einkaufen radelten, ihre Joggingrunden drehten oder wie Staatsanwalt Conradi den

Hund ausführten, vom Schreibtisch aus beobachten. Doch im Unterholz schlich außer einem stadtbekannten Obdachlosen, der einen neuen Platz für sein Sommerlager suchte, keiner herum.

In den Wochen nach der Tat hatte Lindts Truppe neben ihren Mordermittlungen noch einen Selbstmord durch Schlaftabletten, einen Fenstersturz unter Alkohol und Drogen sowie eine Körperverletzung mit Todesfolge zu bearbeiten. Der 84-jährige Rentner dort in der Gartenstadt hatte Gas und Bremse verwechselt und seine Frau mit einem Ford Scorpio an die Garagenwand gequetscht. Sie starb nach zwei Tagen an ihren inneren Verletzungen im Rüppurrer Diakonissenkrankenhaus.

Die Ermittlungen wurden routiniert abgeschlossen und sorgten dafür, dass die Kriminalisten immer gut mit Arbeit eingedeckt waren. Der unaufgeklärte Mord aber lastete immer schwerer auf Oskar Lindt. Er fand keine Ruhe, nachts schlief er extrem schlecht und war selbst am Wochenende, wenn seine Töchter von ihren auswärtigen Studienorten heimkamen, ziemlich einsilbig.

»Es ist richtig schlimm mit ihm«, hörte der Kommissar einmal zufällig mit, wie Carla sich bei ihrer Ältesten ausweinte. »Am Anfang, gleich nach der Tat, als er was tun konnte und die ganzen Ermittlungen auf Hochtouren liefen, da ging es noch, aber jetzt ...«

»... jetzt, wo ihm nichts mehr einfällt, da ist er unausstehlich«, hatte Lindt wütend ins Zimmer gerufen und war türenknallend aus der Wohnung gestürzt.

Keine zehn Minuten brauchte er zu Fuß bis zur Stutenseer Allee und kurze Zeit später erreichte er den Tatort. Gut, dass ihm unterwegs kein Bekannter begegnete, sein Gesichtsausdruck war eindeutig. Keiner hätte gewagt, ihn anzusprechen.

Was er hier wollte? Er wusste es nicht. Die Nähe zu seiner Wohnung? Ob es ihn deshalb so betroffen machte? Es geschah direkt unter seinen Augen. Ob er einen Schrei hätte hören können? Von seinem Balkon aus vielleicht? Er wusste es nicht.

Garotte, lautlos! Das hatte er mehrfach gelesen. Angeblich kam kein Laut mehr, wenn sich die Schlinge ruckartig zuzog.

Wieso gerade hier? Zufall? Wahrscheinlich. Oder nicht?

Grimmig schaute er nach oben zur Webcam auf dem Ast der alten Eiche. Wirklich kaum zu sehen. Bei der Montage hatte die Schutzpolizei sogar den gesamten Fuß- und Radverkehr umgeleitet, damit keiner etwas bemerken sollte.

Er stellte sich Jan Sternbergs Kommentar vor, wenn der am Montag das missmutige Sonntagsgesicht seines Chefs auf dem Monitor entdeckte.

Egal, es war ihm mittlerweile völlig egal, was irgendwer über ihn und seine Arbeit dachte.

Spontan bog er ab. Quer durch den Wald. Kein Weg war da, nicht mal ein Trampelpfad. An manchen Stellen dichtes Unterholz, Prunus serotina, spätblühende Traubenkirsche, hatte ihn der junge Lehrer aus der Dachwohnung einmal aufgeklärt.

Um die völlig undurchdringlichen Stellen machte der Kommissar einen Bogen. Mal links herum, mal rechts vorbei. Schließlich wusste er nicht mehr, wo er überhaupt war. Hatte er sich verlaufen? Unwillkürlich musste er lächeln. Er, der Kripokommissar, und das am Sonntagnachmittag. Er schaute zum Himmel, strahlender Sonnenschein, nein, hier im stadtnahen Hardtwald konnte sich keiner wirklich verirren. Überall erreichte man in wenigen Minuten eine Allee oder einen Querweg.

Au, Mist, ein scharfer Schmerz durchzuckte seinen rechten Knöchel. Aah, voll in ein Kaninchenloch getreten. Das kommt davon, wenn man zum Himmel …

Er stützte sich am Stamm einer dünnen Buche, hob den schmerzenden Fuß und versuchte, ihn kreisen zu lassen.

Wie mit tausend Nadeln stach es im Gelenk. Hoffentlich nur verstaucht. Er versuchte, wieder aufzutreten.

Höllisch, die Schmerzen, jeder Schritt wurde zur Qual und vor allem, wo sollte er hin? Carla musste ihn holen. Abholen mit dem Auto. Er griff in seine rechte Hosentasche, dann nach links, vergeblich. Natürlich, sein Handy lag zu Hause auf der Ablage im Flur, direkt hinter der Wohnungstür. Da hatte er es noch nie vergessen. Beim Rausgehen steckte er es immer ganz automatisch ein, genau wie den Schlüsselbund.

Aber so wütend, wie er vorhin davon gestürmt war, so eine Sch… Reflexartig stampfte er zornig mit dem Fuß auf, dummerweise mit dem rechten. Auaaa! Er konnte den Schrei nicht unterdrücken.

Zehn Schritte weiter humpelte er bis zu einem Baumstumpf, wollte sich setzen, au, verdammt tief. Etwas weiter sah er einen umgefallenen Baum. Dort konnte er sein Bein vielleicht hochlegen. Er schleppte sich hin und erklomm den Stamm rittlings. Der Knöchel schwoll an, deutlich zu sehen.

Lindt ärgerte sich maßlos über seine Ungeschicklichkeit. Er fühlte, wie ihm der Schweiß ausbrach, in dicken Tropfen auf seiner Stirn stand. Die Haare im Nacken waren richtig nass und winzige unangenehme Rinnsale liefen ihm den Rücken hinunter.

Jetzt hätte ihm eine Pfeife gut getan. Schade, nichts dabei. Ließen die Schmerzen endlich nach oder bildete er sich das nur ein?

Der Stamm hatte eine glatte graue Rinde und obwohl er lag, stand er voll im Laub. Eine Buche bestimmt. Vielleicht war er bei dem Gewitter in der vorletzten Nacht umgestürzt? Einige Wurzeln mussten jedenfalls noch Erdkontakt haben.

Es raschelte hinter ihm. Lindt drehte sich, so gut es ging. Genau aus dem Loch, in das er getreten war, lugten zwei graue lange Ohren.

Wupp, hopste das Kaninchen heraus und begann, Sand hinter sich zu scharren. »Entschuldigung, dass ich dir den Eingang eingetreten habe«, raunte der Kommissar halblaut und der kleine Nager störte sich nicht im Geringsten daran.

Wie bei den Karnickeln, erinnerte er sich an Paul Wellmanns Kommentar über das strangulierte Mordopfer. Die hat mein Großvater nach dem Krieg immer in der Schlinge gefangen.

Ja, dort drüben, er schätzte die ungefähre Richtung, dort war auch einer in die Schlinge geraten. Kein Entkommen.

Lindt beobachtete sein Kaninchen. Mit der Zeit kam noch eines und dann zwei weitere. Schließlich waren es sieben in seinem Blickfeld auf der kleinen Lichtung mitten im dichten, im engen Unterholz. An einen solchen Platz war der Student in der Drahtschlinge auch hingeschleift worden.

Und nach einiger Zeit, als er die Schmerzen nicht mehr gar so arg spürte, brach er sich einen Ast ab, nahm ihn als Stütze und humpelte langsam in die Richtung, wo Karlsruhe-Waldstadt sein musste.

Er brauchte fünf Mal so lange wie für den Hinweg. Eigentlich hätte er jemanden anhalten und nach einem Handy fragen können, aber sein Stolz ließ es nicht zu. Das Hemd war schließlich völlig durchweicht und der Knöchel stach wieder enorm, doch er erreichte die Haustür aus eigener Kraft. Die kleine Demütigung, dass er klingeln musste, machte ihm jetzt nicht mehr viel aus.

»Nur ein wenig übertreten«, lächelte er Carla an. »Nicht gut, wenn man mit einer Wut im Bauch davonrennt.«

Lindt weigerte sich standhaft, zum Arzt zu gehen, ließ sich kalte Umschläge machen, verbrachte den Rest des Sonntags auf der Gesundheitsliege auf dem Balkon und begann, sich mit dem Gedanken an einen ungelösten Fall abzufinden.

Die Wirklichkeit war zu dieser Zeit aber längst dabei, ihn wieder einzuholen.

Stimmung und Lautstärke in der Waldgaststätte nicht weit vom Adenauerring steigerten sich im Lauf des Abends immer mehr. Große Portionen und zivile Preise sorgten für ständig steigenden Zulauf. Der Biergarten war an den meisten Abenden übervoll und die Bedienungen kamen mit dem Schleppen der Halbliterkrüge kaum nach. Erst nach elf ließ der Andrang ein wenig nach, doch an mehreren Tischen waren Stammgäste beim Kartenspielen oder verteidigten voller Eifer ihre genialen Lösungen für alle Probleme der großen und kleinen Politik.

Auch Albert Schallenbach gehörte zu den ständigen Gästen. Der Frührentner, ein alteingesessener Rintheimer, kam mindestens drei Mal in der Woche hierher. Fünf bis sieben Biere steckte er locker weg und gegen halb 12 hatte er genau den richtigen Schwung, um sich auf sein altes Puch-Mofa zu schwingen.

Er setzte den Halbschalenhelm auf und ließ den Kinnriemen offen. Heute fühlte er sich besonders mutig und wenn er so richtig gut drauf war, dann nahm er nicht die Radwege entlang der öffentlichen Straßen, nein, dann reizte ihn das Verbotene.

»Ist doch nur ein Fahrrad«, grinste er seinen Zechkumpan an und bog nach der falschen Seite ab, »damit darf man im Wald fahren.«

»Ja, mit Hilfsmotor!«, lallte der ihm hinterher, doch das hörte der schwankende Albert wegen des knatternden Zweitakters längst nicht mehr.

Außerdem sparte er Zeit und konnte mindestens zwei Minuten schneller zu Hause bei seiner Tochter sein. »Aber die ist ja gar nicht daaa«, grölte er durch den nächtlichen Wald, um den Motor zu übertönen. »Dann kann sie auch nicht schimpfen!«

Roswitha, die Altenpflegerin, war auf Nachtschicht im Heim. Das nutzte ihr Vater natürlich immer aus, um noch später als sonst heimzukommen.

Er drehte am Gasgriff und ließ den Motor aufjaulen. Richtig flott ging es vorwärts.

Hoppla! Das Mofa machte einen Bocksprung, als er seitlich neben den Fahrbahnrand kam und über eine große Wurzel hopste. Doch Albert war souverän, schließlich fuhr er schon seit 45 Jahren Mofa und an diesem Tag, da fühlte er sich wie ein richtiger Rennfahrer.

Zwei Mal hatte ihn der Förster in den letzten Jahren auf den gesperrten Waldwegen erwischt, doch weil er auch ein regelmäßiger Brennholzkunde war, gab es nur eine Standpauke: »Ihr Flächenlos ist aber ganz woanders, Herr Schallenbach!«

»Haha, und jetzt schläft er schon!«, grölte der wilde Mofafahrer. Keiner hörte ihn.

Keiner? Fast keiner!

Einer hatte sein Näherkommen bereits beobachtet.

Schnell huschte ein schwarzer Schatten über die Fahrbahn und auf der anderen Seite flink um einen Baum herum. Das Ende des dünnen Stahlseils, das er jetzt straff gespannt hatte, behielt er in der linken Hand. Mit rechts zupfte er prüfend am Draht. »Wie eine Geigensaite!« Drüben an einer Hainbuche festgeknotet, auf dieser Seite der Allee zwei feste Windungen um eine Birke, so ergab es eine optimale Spannung.

Die Höhe musste unbedingt stimmen. Er hatte es bei verschiedenen Fahrradmodellen ausgemessen, wie hoch das Vorderrad war und hielt eine Handbreit darüber.

Das Motorengeräusch ließ ihn kurz zusammenzucken. Ein Mofa? Ach was, die sind gleich hoch!

Er war ganz begeistert von seiner neuen Idee. Viel Mühe hatte es ihn gekostet, die 12 langen Meter des

Metalls mattschwarz zu lackieren. Auf keinen Fall durfte eine Reflexion entstehen.

Noch 20 Meter, das Kribbeln hatte ihn voll erfasst, er zwang sich zu höchster Konzentration. Wen ihm das Schicksal wohl heute bescheren würde?

Vermutlich hätte der auch einen grell blinkenden Draht übersehen, so völlig ungebremst düste Albert Schallenbach in die Falle.

Direkt unterhalb der Lampe stoppte das dünne Stahlseil seine Fahrt und in einem zirkusreifen Salto riss es ihn nach vorne von der Maschine. Schon im Flug löste sich der Halbschalenhelm und der Schrei des fliegenden Mofafahrers mischte sich mit dem Krachen seiner Wirbelsäule beim harten Aufschlag.

»Aaah«, mehr brachte er nicht mehr heraus, denn dünnes Metall schlang sich um seinen faltigen Hals und wurde blitzschnell brutal zugezogen. Die Bewegungen von Schallenbach erschlafften sofort. Er merkte nicht mehr, was ihn in großer Eile nach hinten fortriss.

Nach 20 Metern ließ ihn der Schwarze einfach fallen, plumps, wie einen Mehlsack. Diesmal fasste er nicht mehr zu, um sein Opfer auf den Bauch zu drehen. Der Alte stank ihm zu sehr nach Alkohol.

Zurück auf die Allee, nach links, nach rechts, nirgends ein Licht! Nur der Mofamotor ratterte noch.

Schnell löste er die Straßensperre. Das Aufwickeln hatte er akribisch geübt, so lange, bis er es in 12 Sekunden schaffte. Er stellte das Puch wieder auf, klemmte den Helm am Gepäckträger fest, machte es sich auf dem breiten Sattel bequem und drehte am Gas.

Eine Flut durchströmte ihn. Er fühlte sich unvergleichlich. Schwerelos, über allem fliegend. Er triumphierte.

Sie griffen nach ihm, von unten, aber ihre Arme waren nicht lang genug. Er fühlte sie hinter sich, aber souverän fuhr er ihnen davon. Genial, wie er das geschafft hatte. Geplant, ausgeklügelt, vorbereitet, durchgeführt und dabei doch so einfach. Nur ein wenig Nachdenken. Einfach perfekt.

Dann wurde ihm die Gefahr bewusst. Ein Mofa so spät nachts im Wald, daran würde sich jeder erinnern, dem er jetzt noch begegnete. Viel zu auffällig.

Sollte er es einfach stehen lassen? Ein paar Meter seitlich ins Gebüsch schieben?

Er entschied sich für das Risiko. Abbiegen von der Friedrichstaler Allee und auf der Querallee nach rechts Richtung Rintheim. Falls auf dem kurzen Stück doch jemand käme? Motor aus, Licht aus und ab ins Unterholz!

Doch es kam keiner. Niemand, der ihm seinen Erfolg nehmen und seine Hochstimmung trüben könnte.

Vor der Theodor-Heuss-Allee hielt er an. Öffentliche Straße, also nur mit Helm! Falls er doch noch einer Streife begegnete.

Er griff nach hinten, löste den Kopfschutz vom Gepäckträger und drehte ihn ein paar Mal unschlüssig in seinen Händen. Tatsächlich, die Innenpolster rochen und zwar ganz gewaltig. Sie stanken nach Zigarettenrauch, Bierdunst, Schweiß, ungewaschenen, fettigen Haaren und klebrigem Ohrenschmalz. Das bildete er sich zumindest ein. Oder erinnerte sich nur die Nase noch an den Geruch des Mannes?

Widerstrebend stülpte er den Helm dennoch über. Seine dünne schwarze Maske bewahrte ihn zum Glück vor direktem Kontakt und die konnte er ja waschen.

Auf Nebenwegen erreichte er den Parkplatz beim Fächerbad. Ein paar alte Fahrräder, die keiner mehr abholte, lehnten an den Ständern. Er schob das Puch einfach dazu, sah sich um und versenkte den dunkelgrünen Helm in einer Anpflanzung von bodendeckendem Cotoneaster.

Im Schatten einer Betonwand nahm er die Sturmhaube vom Kopf, stopfte sie zusammen mit den Lederhandschuhen in die Schubtaschen des Sweatshirts, zog es sich über den Kopf und band es mit den Ärmeln um seinen Bauch. Darunter trug er ein grell gemustertes Nike-T-Shirt, vorne und hinten mit reflektierenden Einsätzen. Fertig! Schon gab es niemanden mehr, der an dem federnd lostrabenden Mitternachtsjogger irgendetwas Verdächtiges hätte feststellen können.

Roswitha Schallenbach beendete ihre Nachtschicht wie gewöhnlich mit einem Pott Kaffee und zwei Butterbrezeln in der Filiale einer Großbäckerei. Eine halbe Stunde lang blätterte sie durch die größte deutsche Boulevardzeitung, die sie sich zusammen mit einem Fläschchen Cognac ein paar Ecken weiter am Kiosk geholt hatte. Die Technik, ihre Kaffeetasse hinter der Zeitung zu verstecken, während sie das Hochprozentige hineinkippte, war tausendfach geübt, aber um halb sieben Uhr morgens interessierte sich ohnehin keiner im Stehcafé für das, was am Nebentischchen geschah.

Früher hatte sie sich im Bereitschaftszimmer ab

und zu etwas hinlegen können, aber seit ein hochbezahlter Gutachter berechnet hatte, dass eine Pflegekraft im Nachtdienst auch zwei Stationen versorgen konnte, gab es kaum eine Ruhezeit. Wenn zudem, wie in der vergangenen Nacht, auch noch jemand von den Heimbewohnern starb, dann war sie mit ihren Kräften einfach am Ende. »Gestorben wird immer nur nachts«, hatte sie grimmig ihre Kolleginnen vom Tagdienst angeraunzt.

Eine kurze Fahrt mit der Linie Fünf bis zur Endhaltestelle, wenige Fußminuten zu dem kleinen Haus im Kern von Alt-Rintheim und dann fiel sie völlig erschöpft ins Bett. Manchmal schaute sie vorher noch nach oben zu ihrem Vater, aber an diesem Tag nicht. Der schlief sowieso meistens bis um 12, bevor er aus seinem Rausch wieder zu sich kam.

Gegen halb drei erwachte sie, weil es an der Haustür klingelte. Erst klingelte und dann energisch klopfte. »Hallo, jemand zu Hause?«, rief eine Männerstimme.

»Vatter, hörst denn nix, geh doch endlich an die Haustür!«, rief sie noch schlaftrunken in den Flur.

Keine Antwort.

Unbeholfen zog sie den Morgenmantel über ihr Nachthemd. »Moment, ich komm.« Verärgert riss sie das kleine Fenster im Treppenhaus auf. »Was ist denn? Ich hatte Nachtschicht!«

Oskar Lindt und Jan Sternberg erblickten ein rötlich aufgedunsenes Gesicht mit verquollenen Augen. »Wohnt hier Albert Schallenbach?«

»Was wollen Sie von dem?«, kam es zurück. »Ich weiß net, wo mein Vater grad steckt.«

»Kripo Karlsruhe«, streckte Lindt seinen Dienstausweis nach oben. »Können wir mit Ihnen sprechen?«

Wortlos zog sie den Kopf zurück. Die verwitterte Holztür öffnete sich. In ihrem rosa Umhang wirkte die Frau noch breiter, als sie ohnehin schon war, und füllte die ganze Türöffnung aus.

»Sie sind die Tochter?«, fragte der Kommissar und schaute auf das Klingelschild. »Roswitha Schallenbach?«

»Ja, was gibts denn? Ist was mit ihm?«

»Dürfen wir reinkommen?«

Barfuß ging sie den beiden Ermittlern voran, durch den dunklen Flur in die Küche und zeigte auf abgenutzte Holzstühle an einem schmalen Tisch. Auf der Resopalplatte standen zwei ungespülte Suppenteller.

»Bin noch nicht dazu gekommen«, murmelte sie entschuldigend. »Nachtdienst.«

»Ihr Vater …«, begann Lindt.

»Tot?«, unterbrach sie ihn.

Der Kommissar nickte.

»Ein Unfall? Mit dem Mofa?«

Er schüttelte den Kopf.

Sie saß starr und ihre Augen wurden immer weiter.

Jan Sternberg suchte nach den richtigen Worten: »Wir müssen leider davon ausgehen, dass Ihr Vater einer Gewalttat zum Opfer gefallen ist.«

»Wie? Gewalt?«, stotterte sie, »heißt das, mein Vater wurde umgebracht?«

»Zwei Waldarbeiter haben ihn drüben im Hardtwald gefunden, ein paar Meter von der Friedrichstaler Allee.«

»Ein Unfall«, fiel sie ihm ins Wort, »bestimmt ist er mit der Motorsäge verunglückt. In seinem Brennholzschlag …« Sie wurde immer leiser, weil Lindt wieder den Kopf schüttelte. »Nein? Nicht?« Tränen standen in ihren Augen. »Wie … wie dann?«

»Da war nichts von einer Säge zu sehen, nein, wir müssen davon ausgehen, dass Ihr Vater erwürgt worden ist. Die Spurenlage ist ziemlich eindeutig.«

Die unförmige Frau sackte auf ihrem Küchenstuhl zusehends in sich zusammen. »Ich hab doch nur noch ihn«, sagte sie ganz leise und starrte auf die blassgelben Bodenfliesen.

»Wissen Sie denn, wo er war? Gestern Abend zum Beispiel?«

»Das sagt er mir nie genau, aber seit die Mama vor drei Jahren gestorben ist und er dann kurz darauf wegen seinen kaputten Bandscheiben nicht mehr arbeiten konnte, geht er fast jeden Abend in irgendeine Kneipe. Wo, sagen Sie, hat man ihn gefunden? Im Hardtwald? Dann war er vielleicht in einer dieser Sportgaststätten am Adenauerring und wollte dann durch den Wald heimfahren. Das machte er immer besonders gerne, obwohl er wusste …«

»… dass man es nicht darf?«, unterbrach Lindt. »Aber das ist jetzt wirklich nicht mehr wichtig. Können wir vielleicht ein Bild Ihres Vaters mitnehmen, um rumzufragen?«

Sie griff in das offene Fach des weiß gestrichenen alten Küchenbuffets. »Was Neueres hab ich nicht.«

Lindt und Wellmann betrachteten die Fotografie. Drei Personen, im Hintergrund das Karlsruher Schloss.

»Da ging es der Mama noch gut, kurz darauf kam der Schlaganfall.«

Auch Roswitha Schallenbachs Mutter war eine sehr korpulente Frau gewesen. Die Tochter, auf dem Bild ebenfalls schon recht rundlich, hatte aber noch längst nicht ihre heutigen Ausmaße.

Vater Albert wirkte daneben ganz schmal, doch seine Gesichtszüge waren eindeutig die des Toten von der Friedrichstaler Allee.

»Ob Sie uns begleiten könnten, um Ihren Vater zu identifizieren?«

Sie schluckte und stand auf. »Muss mich anziehen und auch noch im Heim anrufen.«

»Welches Heim? Waren Sie dort in der vergangenen Nacht? Die ganze Nacht?«

Roswitha fuhr herum und sah Sternberg vorwurfsvoll an. »Was soll das? Denken Sie etwas, dass ich …?«

Lindt versuchte, sie zu beruhigen. »Nur eine Routinefrage. Sicherlich kann eine Kollegin das bestätigen.«

»Ha, schön wärs! Alleine, die ganzen Nächte! Eine Pflegerin für 40 Alte. Zwei Stationen.« Sie setzte sich wieder und begann zu weinen. »Eine ist gestorben. Bei der bin ich eine ganze Stunde am Bett gesessen und hab ihr die Hände gehalten, bis es aus war. Aber bei meinem eigenen Vater …« Sie schluchzte laut auf.

Routiniert setzten die Polizisten ihre Arbeit fort. Lindt begleitete Schallenbachs Tochter zu ihrem toten Vater, den diese zweifelsfrei identifizierte. Sternberg bearbeitete im Präsidium das Foto, vergrößerte es und hatte schließlich ein Portrait, das er den Wirten der Waldgaststätten unter die Nase hielt.

Bereits bei der ersten Adresse hatte er Erfolg. »Klar,

der Albert. Von Rintheim drüben. Kommt oft, ein paar Mal in der Woche. Ist was mit dem? Dort sitzt der Rudi, die sind gestern Abend zusammen weggegangen.« Er zeigte zum Stammtisch.

Auch Rudi Andres nickte, als er das Foto sah. »Ich sag noch zu ihm, lass das, da gehts lang, aber er ist trotzdem wieder mal durch den Wald gefahren.«

»Und Sie?«

»Na, heim. Um dreiviertel 12 war ich zu Hause. Meine Frau war noch auf, die können Sie ruhig fragen.«

Sternberg notierte die Adresse und ging wieder zum Wirt. »Streit? Gab es Streit zwischen den beiden?«

»Ach wo, alles ganz friedlich, der Albert sowieso. Der war immer ganz glücklich hier bei uns.«

Der Zechkumpan schaltete sich nochmals ein: »Wenn er ein wenig zuviel getrunken hatte, dann wurde er lustig. Aggressiv? Nie!«

Jan Sternberg bohrte nicht mehr weiter nach, denn die Spuren am Hals von Albert Schallenbach waren eindeutig.

Erst der Student, jetzt der Rentner, beide auf dieselbe Weise erwürgt. Die Gerichtsmedizin bestätigte: »Wieder der Draht, wieder die gleiche Methode.«

Um sechs Uhr abends fand eine Streife des Reviers Waldstadt das blaue Puch-Mofa beim Fächerbad.

Diesmal wurden die Techniker der Spurensicherung fündig. »Schwarz, Oskar, alles schwarz.«

Ludwig Willms zeigte dem Kommissar einige dunkle Fasern unter dem Mikroskop. »Zum Ersten: Baumwolle, Jeansstoff.«

Er schob einen anderen Objektträger unter die Linse: »Zum Zweiten: Noch mal: Baumwolle, kann von einem T-Shirt stammen.«

Wieder wechselte er: »Zum Dritten: Nein, jetzt keine Baumwolle, sondern Kunstfaser, wahrscheinlich Nylon. Das haben wir im Helm gefunden.«

»Helm?« Lindt war erstaunt. »Davon habt ihr mir ja noch gar nichts gesagt.«

»Lag in diesen niedrigen Bodendecker-Pflanzen.« Willms hielt Lindt die flaschengrüne Halbschale vor die Nase: »Bei dieser Farbe auch für uns ziemlich leicht zu übersehen. Um ehrlich zu sein, ein Diensthund vom Revier Waldstadt hat ihn aufgestöbert.«

»Könnt ihr sicher sein, dass der Helm Schallenbach gehörte?«

»Eigentlich schon, die Tochter hat ihn sich angeschaut. Diese Abschürfungen hier und da«, er zeigte auf deutlich beschädigte Stellen, »kannte sie allerdings noch nicht.«

»Bringt das Teil mal in die Rechtsmedizin, vielleicht passen die Spuren ja zusammen. Der muss doch gestürzt sein. Das Mofa ist ja auch ganz schön ramponiert.«

Willms nickte: »Wird alles genau untersucht. Außerdem haben wir innen im Helm, an den Polstern noch DNA-Material abgenommen.«

»Und, was gabs da?«

»Jede Menge Schweiß, viele, nein sehr viele Hautschuppen und ein paar ausgerissene Haare. Reicht üppig.« Willms grinste: »Vielleicht finden wir ja verschiedene DNAs …«

»Falls sich der Mörder den Helm überhaupt aufgesetzt hat.« Etwas angewidert drehte Lindt den Kopfschutz in seinen Händen. »Ziemlich versifft da drin, also ich würde mir den nicht freiwillig überstülpen.« Er schnupperte daran: »Wirtshaus, ganz eindeutig.«

»Moninger oder Hoepfner? Wenn du die Ausdünstung richtig erkennen kannst, dann wirst du gleich zur Diensthundestaffel versetzt.«

Paul Wellmann und Jan Sternberg trafen kurz nach ihrem Chef wieder im Büro ein. Sie hatten mit der Frau von Rudi Andres gesprochen und auch das Pflegeheim aufgesucht, in dem Roswitha Schallenbach arbeitete.

»Die beiden können wir vergessen«, begann Sternberg, doch er wurde jäh unterbrochen. Die Tür flog auf und Oberstaatsanwältin Lea Frey stürmte ins Büro. Wie ein Habicht im Sturzflug schoss sie geradewegs auf Lindt zu. Hinter ihr sein Nachbar aus der Waldstadt, Tilmann Conradi, der kleine freundliche Staatsanwalt. Dessen Gesicht verhieß nichts Gutes.

»Lindt«, zischte die spindeldürre Juristin den behäbig dasitzenden altgedienten Kommissar an und kam erst zum Stehen, als ihre schmale lange Nase kurz vor seinem Gesicht war.

»Haben Sie endlich was? In einer halben Stunde ist Pressekonferenz. Ich muss diesen Zeitungsfritzen endlich Ergebnisse präsentieren!«

Er lächelte, schaute ihr geradewegs in die Augen und sog deutlich hörbar Luft durch die Nasenlöcher. »Hm, Kampfparfüm, Frau Oberstaatsanwalt. Damit bringen Sie jeden Verdächtigen zum Reden.«

Konsterniert trat sie einen Schritt zurück.

»Wir warten auf Berichte«, warf Jan Sternberg schnell von der Seite her ein. »SpuSi, Obduktion …«

Sie schnitt ihm das Wort ab: »Ich habe den da gefragt!« Ihr dolchspitzer Zeigefinger zielte auf den Kommissar. »So kommen wir nicht voran! Wenn Sie derart lahm weiterarbeiten, gibt es bald noch mehr Tote im Hardtwald!«

Lindt fand es an der Zeit aufzustehen und wuchtete sich hoch. »Hier drin, in diesem Büro, pflegen wir einen anderen Umgangston!«

Lea Frey verstummte für einen Augenblick.

Schnell legte er nach: »Bitte, nehmen Sie doch Platz. Wir hören Ihnen gerne zu.«

Conradi nutzte die Gelegenheit: »Um eine Sonderkommission kommen wir nicht herum, leider. Die Medien machen uns sonst fertig. Aber Sie, Herr Lindt, sollen die Ermittlungen leiten.«

»Leider«, seufzte Lea Frey, die aus ihrer Abneigung gegen den rundlichen Pfeifenraucher keinen Hehl machte. Seine große Erfahrung und die hohe Erfolgsquote konnte aber selbst eine ›eiserne‹ Oberstaatsanwältin nicht ignorieren.

»Na, also«, brummte Oskar Lindt und ließ sich extra schwer in seinen Sessel fallen. »Sie sorgen dafür, dass wir 20 weitere Kollegen zur Unterstützung bekommen, dann zählen wir noch die Technik und ein paar Streifen der Reviere Waldstadt, Marktplatz und Oststadt dazu. Das ergibt zusammen schon gleich 50. Eine runde Zahl! Die kann sich doch sehen lassen.«

»Und was soll ich zum Thema Serienkiller sagen?

Diese Frage kommt garantiert. Ist der Hardtwald noch sicher? Wer wird sein nächstes Opfer?«

»Ist ja nicht unsere erste Pressekonferenz«, antwortete Lindt. »Lassen Sie mich die Einzelheiten darstellen. Wir arbeiten mit Hochdruck, verfolgen bis jetzt schon 45 verschiedene Spuren, setzen alle verfügbaren Kräfte, Speziallabors und neueste Technik ein. Das müsste fürs Erste genügen.«

Tatsächlich gelang es durch die ruhige Art des Kommissars, bei den anwesenden Reportern ein positives Bild intensivster Polizeiarbeit zu erzeugen. Wider Erwarten getraute sich keiner, die Ermittlungen zu kritisieren, und als Lindt bei der Frage nach der genauen Todesursache um Verständnis für Geheimhaltung wegen der laufenden Ermittlungen bat, wurde selbst das akzeptiert.

»Fürs Erste sind wir noch mal gut davongekommen«, raunte Jan Sternberg seinem Chef zu, als sie den Konferenzsaal wieder verließen, doch Lindts Gesichtsausdruck war eindeutig: »Beim nächsten Mal sind die nicht mehr so zahm!«

Paul Wellmann brachte es auf den Punkt: »Wenn einmal das Wort Serienkiller irgendwo auftaucht, dann ist hier der Teufel los.«

Der Teufel selbst schmiedete in diesem Moment bereits neue Pläne. »Perfekt!« Er sprach das Wort laut aus. Niemand konnte ihn hören und es war einer der vielen sonnigen Sommernachmittage im Juli, an denen er auf seinem Bike die schnurgeraden Alleen entlang fuhr. Manchmal sehr schnell, um die Kondition zu trainieren, manchmal möglichst gleichmäßig, um konzentriert nachzudenken und manchmal, so wie an diesem Tag, im Bummeltempo.

»Es muss aber noch perfekter werden!«, sagte er zu sich selbst. Die ersten beiden Male, okay, es hatte alles nach Plan geklappt und dennoch, als er am Tag danach eine Analyse erstellte, fielen ihm innerhalb von zwei Stunden nicht weniger als 14 Schwachstellen ein, die seine Vorhaben hätten gefährden können.

Je mehr er darüber nachdachte, umso haarsträubender kam es ihm vor, dass er sich hatte hinreißen lassen, den Mofafahrer zu nehmen. Wenn der Draht nicht stabil genug gewesen und beim Zusammenprall zerrissen wäre. Oder die Sache mit dem Helm, den er sich wohl oder übel hatte überstülpen müssen. Nein, im Nachhinein verstand er seinen Leichtsinn nicht mehr.

Er hatte bemerkt, dass schon nach seiner ersten Tat die Polizei im Wald verstärkt Streife fuhr. Einen der vielen Radfahrer würden sie nur anhalten, wenn er sich irgendwie verdächtig machte, aber ein Mofa, nachts, auf jeden Fall.

Er ärgerte sich richtig über sein unprofessionelles Verhalten. Andererseits musste er sich selbst auch zubilligen, sich steigern zu können, um noch besser, noch vollkommener zu werden.

Die Garotte jedenfalls hatte schon jetzt einen Ehrenplatz an seinem Schreibtisch. Das dünne Stahlseil mit den zwei Griffhölzern an den Enden hing aufgerollt über seiner Schreibtischlampe und oftmals, wenn er dort saß, strichen seine Finger über das Metall der verschlungenen Drähte.

Vorgestern erst hatte er eine bemerkenswerte Entdeckung gemacht. Zufällig waren die Hölzchen genau sieben Zentimeter lang. Als er sie zurechtgesägt, durchbohrt und mit dem Draht verbunden hatte, war ihm diese Länge gar nicht so aufgefallen. Reiner Zufall, so abgesägt, wie sie gut in seine Handfläche passten. In der Mitte das Loch für den Draht, den er zwischen Mittel- und Ringfinger durchlaufen ließ.

Doch jetzt, die magische Sieben, nein, das konnte keinesfalls ein Zufall sein.

Beim Betrachten war ihm ein Lineal in die Finger gekommen. Als er es dann an die Hölzer hielt und die Sieben ablas, war es für ihn klar. Das musste ein Zeichen sein, eine Bestätigung und nicht nur das, nein, er sah es als Ermunterung, geradezu als Aufforderung, weiter zu gehen.

Seinen Weg, *den* Weg. Das war es, was er tun sollte, was ihn von den vielen anderen, von der grauen Masse abhob. Was ihn einzigartig machte.

Schon nach dem ersten Mal hatte er sich ungeheuer befreit gefühlt. Von all der Mittelmäßigkeit, der geschäftigen Wichtigkeit, der hektischen Betriebsamkeit, die so viel Energie kostete und doch kein Ziel bot, das es anzustreben lohnte.

Er war geschwebt, niemand von den anderen konnte ihn mehr erreichen. Er war sich sicher. Es war völlig richtig, was er tat.

Diese Gedanken waren so stark, so mächtig, dass sie ihm immer wieder durch den Kopf gingen, auch jetzt bei seiner ziellosen Bummelfahrt durch den sommerlichen Hardtwald.

›Achtung Schranke!‹ Der leuchtend rote Rand des dreieckigen Verkehrsschilds brachte ihn auf eine Idee. Er könnte die Garotte, sein Werkzeug, das ihm die Macht über Leben und Tod verlieh, noch schöner machen, die Schlinge richtig veredeln.

Spontan schlug er den Weg nach Neureut ein. In der Eisenwarenhandlung dort hatte er vor Kurzem die schwarze Farbe zum Lackieren des über die Allee gespannten Drahts gekauft.

Dieses Mal zeigte er sich farbenfroher. Sieben kleine Lackdöschen, rot, blau, gelb, auch grün und lila wählte er aus, dazu weiß und schwarz. Diese beiden waren ihm besonders wichtig.

Zu Hause stellte er die sieben kleinen Blechdosen in Reih und Glied auf ein Regalbrett. Er hatte sie direkt im Blick, wenn er an seinem Schreibtisch saß.

Dann nahm er die Garotte von der Lampe, löste einen der beiden Knoten. Er zog den Draht aus den Hölzern heraus, die er dann vor sich hinlegte und nochmals ganz genau vermaß. Mit sechs dünnen Bleistiftstrichen teilte er sie in sieben exakt gleiche Abschnitte, jeder einen Zentimeter breit.

Er griff nach dem Döschen mit der weißen Farbe, schüttelte es ausgiebig und öffnete den Deckel. Mit einem feinen Pinsel tauchte er hinein und trug den Lack ganz vorsichtig im ersten Segment auf. Ein exakter Ring entstand. Der erste Zentimeter der Griffe leuchtete in strahlendem Weiß.

Nach dem Trocknen, am nächsten Nachmittag, nahm er gelb und lackierte den zweiten Zentimeter.

Zufrieden betrachtete er die Ringe. Weiß und gelb.

Zwei Mal hatte er es bereits geschafft, über Leben und Tod zu bestimmen.

Sein Blick glitt über die bisher unbenutzten Farbtöpfchen. Fünf Farben waren noch übrig. Nach jedem Mal wollte er einen neuen Ring aufstreichen. Rot, grün, blau, lila und zum Schluss schwarz. Dann würde er absolut perfekt sein.

Er war sich völlig sicher.

4

Die Farbe Schwarz bereitete den routinierten Technikern der KTU nur geringe Schwierigkeiten. Die Fasern waren nach wenigen Stunden analysiert und die erste Einschätzung von Ludwig Willms bestätigte sich.

Umgehend klingelte es bei Oskar Lindt: »Habt ihr schon einen Verdächtigen geschnappt? Was? Noch nicht? Also wir wären soweit. Ja, die Fasern. Fertig analysiert. Die könnten wir vergleichen. Wie ich schon gesagt habe: Jeans- und T-Shirt-Stoffe aus Baumwolle, dann die schwarzen Nylonfasern aus dem Helm, ach ja, und dann haben wir noch was Schwarzes gefunden.«

Willms machte eine kurze Pause.

»Jetzt spann uns doch nicht so lange auf die Folter«, antwortete Lindt genervt und doch interessiert.

»Lackpartikel, winzige schwarze Lackspuren haben meine Mitarbeiter an Schallenbachs blauem Mofa gefunden, an dem Rohr oberhalb der Gabel, zwischen Lenker und Vorderrad. Waren kaum zu sehen. Wir schicken euch mal eine Vergrößerung rüber. Sieht fast aus wie ein kurzer Strich, einmal quer über das Rohr, aber nicht rund herum, nur vorne.«

»Und, hast du schon eine Idee?« Lindt, als Leiter der neu eingesetzten Sonderkommission mit Arbeit bis über beide Ohren eingedeckt, war nicht unbedingt in der Stimmung für Rätselspiele.

»Da müssen wir leider noch passen, aber diese Lack-teilchen sind sicherlich weder aufgepinselt noch aufge-sprüht worden. Klassischer Fremdauftrag.«

»So, wie an einem Auto nach Unfallflucht?«

»Exakt, Oskar, aber kein Fahrzeuglack, wir haben schon alle Datenbanken abgeglichen. Normale Lack-farbe, wie du sie im Baumarkt bekommst.«

»Seid ihr sicher, dass es frisch ist? Der Schallenbach könnte vielleicht gegen eine Kante gestoßen sein.«

»Natürlich nicht auszuschließen«, kam es von Willms zurück. »Das Mofa war ja ohnehin uralt und ziemlich verbeult. Da ist es sehr schwer, festzustellen, wie alt welche Macken sind. Wenn wir wenigstens das Fahrrad von diesem Studenten gefunden hätten, zum Vergleich.«

»War leider nicht registriert«, antwortete Lindt. »Steht bestimmt auch ganz unauffällig irgendwo rum.«

Lindt forderte Willms auf, diese neuen KTU-Ergeb-nisse gleich an den ganzen Mitarbeiterstab weiterzuge-ben. Die SoKo traf sich mindestens zwei Mal am Tag im Schulungsraum unterm Dach des Polizeipräsidiums. Kommunikation, das hatte der Hauptkommissar gleich zu Beginn der Besprechung betont, war bei dieser Art der Ermittlungsarbeit das Wichtigste überhaupt, um vorwärts zu kommen.

Eindringlich hatte er an alle appelliert: »Ich muss bei mir selbst beginnen.« Ein vielsagender Blick von Stern-berg zu Wellmann war ihm nicht entgangen. »Ja, ja, Paul und Jan können ein Lied von meinen Ein-Mann-Aben-teuern singen. Manchmal mag das ja auch angebracht sein, aber bei so vielen Köpfen müssen die Informationen auf jeden Fall schnellstmöglich allen zugänglich gemacht werden.«

Sämtliche Ermittlungsergebnisse wurden zudem sofort protokolliert und als Mail im Intranet an die gesamten SoKo-Beteiligten verschickt.

Diese offene Art erzeugte bei jedem in der Gruppe das Gefühl der Zusammengehörigkeit, des gemeinsamen Erfolges und trug manchmal überraschend schnelle Früchte.

Zwei junge Kommissarinnen, die normalerweise bei der Sitte arbeiteten, flüsterten kurz miteinander, dann stand eine auf. »Die Nylonfasern aus dem Helm«, begann sie, »ich könnte mir gut vorstellen, dass die von einer Unterziehkapuze stammen. Wir tragen beide so was, wenn wir mit dem Motorrad unterwegs sind.«

Willms verstand gleich: »Klar, natürlich, stimmt, eine Sturmhaube.«

Lindt gab ihm recht: »Früher trugen die Bankräuber Damenstrümpfe, heute ziehen sie diese schwarzen Dinger über.«

»Wenn wir daran noch eine zweite DNA finden …«, sinnierte der KTU-Chef. »Wir erwarten die Ergebnisse in zwei bis drei Tagen.«

»Eine Maske wäre von enormer Bedeutung«, schaltete sich Claus Eschenberg ein. Den aristokratisch wirkenden, hochgewachsenen Polizeipsychologen hatte Lindt sofort beim Landeskriminalamt angefordert, als die Spurenlage ergab, dass auch das zweite Opfer mittels Drahtschlinge stranguliert worden war.

»Ein Täter, der sich maskiert, möchte auf gar keinen Fall erkannt werden. Er verhüllt sein Gesicht, um Distanz zu wahren. Einen Blick Auge in Auge fürchtet er. Anonymität ist ganz entscheidend.«

»Dann kennt er seine Opfer also und hat Angst, dass sie ihn bei einem Fehlschlag identifizieren könnten?«, überlegte Paul Wellmann.

»Muss nicht unbedingt sein«, antwortete der Psychologe. »So, wie ich die Lage beurteile, spricht einiges dafür, dass die Opfer völlig willkürlich ausgewählt wurden. Bis jetzt gibt es doch nicht einen einzigen Anhaltspunkt, der uns ein Tatmotiv liefert, was für beide zutreffen würde. Das Einzige, was sie verbindet, ist die Tatsache, dass sie nachts im Hardtwald unterwegs waren.«

Unter dem Dach des Karlsruher Polizeipräsidiums wurde es nach diesen Worten mucksmäuschenstill. Keiner getraute sich, zu flüstern. Jedem war die Tragweite dieser Aussage klar.

»Dann müssen wir unser Denken wohl ziemlich umstellen«, begann Oskar Lindt vorsichtig zu überlegen. »In den meisten Fällen kamen wir über die möglichen Motive ziemlich schnell zu einem Kreis potenzieller Täter.«

Jan Sternberg wurde gleich praktisch und wandte sich an Eschenberg: »Wenn das stimmt, dann brauchen wir sofort eine Hundertschaft der Bereitschaftspolizei, um permanent im Wald Streife zu fahren.«

»Das ist doch gar nicht zu machen«, meldete sich der Dienststellenleiter des Polizeireviers Waldstadt zu Wort. »Der Hardtwald lässt sich niemals dauernd und flächendeckend überwachen.«

»Getarnte Posten, Nachtsichtgeräte, Hubschrauber,

Wärmebildkameras«, konterte Sternberg mit dem Vorschlag eines Großeinsatzes modernster Technik, doch Oskar Lindt musste seinem Kollegen von der Schutzpolizei recht geben: »Der Hubschrauber nützt uns gar nichts, denn wir können nicht jeden hellen Punkt, den er mit seiner Kamera ausmacht, auch noch kontrollieren. Oder willst du Nacht für Nacht Hunderte von Radfahrern, Joggern und Hundebesitzern einer Leibesvisitation unterziehen. Guten Abend, haben Sie vielleicht eine Drahtschlinge dabei oder eine schwarze Maske in Ihrer Hosentasche?«

»Und wenn ich mir überlege«, meldete sich Paul Wellmann, »wie viele dunkle Ecken es im ganzen Stadtgebiet gibt – tausende von Möglichkeiten, eine weitere Tat nach demselben Muster zu begehen. Es muss ja nicht immer der Hardtwald sein.«

»Am ehesten kommen wir ihm mit einem genauen Täterprofil auf die Spur«, begann Eschenberg wieder und überhörte lächelnd eine respektlose Bemerkung von Jan Sternberg. Dessen etwas zu laut geflüstertes »Waldstadt-Würger mit FBI-Methoden zur Strecke gebracht« trug dem jungen Beamten dennoch einen strengen Seitenblick von Oskar Lindt ein.

Der Psychologe ließ sich nicht beirren und skizzierte mit wenigen Sätzen ähnlich gelagerte Fälle von Serienmördern. »Die meisten sind übrigens Männer. Der Anteil von Frauen macht keine fünf Prozent aus.«

»Dass wir lieber Gift nehmen, ist schon seit Agatha Christie und Ingrid Noll bekannt«, kommentierte die blonde Kommissarin von der Sitte Eschenbergs Aussage.

»Genau, Frauen morden sanfter. Hier müssen wir über einen kräftigen Mann nachdenken, der unter einer tiefgreifenden Persönlichkeitsstörung leidet.«

»Ach, mal wieder die schwere Kindheit!« Sternberg konnte sein vorlautes Mundwerk doch nicht halten und fing sich dafür von Paul Wellmann einen schmerzhaften Rippenstoß ein.

»Lassen Sie nur Ihren jungen Kollegen. Damit liegt er in vielen Fällen genau richtig. Traumatisiert in der Jugend, im Rausch vom gewalttätigen Vater grün und blau geprügelt. Vielleicht bringt die alleinerziehende Mutter jede Nacht einen anderen Mann mit nach Hause oder sie hat Depressionen und erhängt sich auf dem Dachboden. Unsere Fachliteratur ist voll von solchen Beispielen. Das hinterlässt tiefe Spuren in den Seelen der Kinder. Viele kommen ins Heim oder werden früh kriminell. Allerdings haben diese Täter dann eher eine geringe Schulbildung und leben auch als Erwachsene am unteren Rand der Gesellschaft.«

»Sie halten unseren Täter also für intelligent?«, folgerte Paul Wellmann.

»Tendenziell schon«, antwortete der Psychologe zögernd. »Dennoch eine gewisse Neigung zur Gewalttätigkeit, aber um weiter zu kommen, muss ich auf jeden Fall zu den Tatorten.«

Sie vereinbarten einen Termin für den nächsten Morgen und beendeten die Besprechung.

Ludwig Willms allerdings fühlte sich durch Eschenbergs Wunsch nach einer Tatortanalyse an seiner Ehre gepackt und folgte Lindt in dessen Büro.

»Oskar, da oben wollte ich nichts sagen, aber hier hört es ja keiner. Jetzt arbeiten wir doch schon so viele Jahre zusammen und haben die schwierigsten Fälle gemeinsam gelöst. Sag mal, glaubst du denn, der sieht am Tatort mehr als meine erfahrene SpuSi-Truppe? Zweifelst du denn an uns oder warum hast du diesen eingebildeten Kerl hergeholt?«

Lindt sagte erst einmal gar nichts und schenkte zwei große Becher Kaffee voll.

»Setz dich, Ludwig, und atme ruhig durch. Ich habe schon befürchtet, dass dir der Eschenberg nicht so zusagt. Gut, auf den ersten Blick könnte man ihn für hochnäsig halten, für eingebildet und arrogant. Ich weiß aber, dass er aus einer alten Tübinger Medizinerdynastie kommt. Viele Professoren, darunter auch einige Nervenärzte, und er arbeitet schon jahrelang als Psychologe.«

»Das sagt aber noch längst nichts über seine Fähigkeiten aus!«, stieß Willms hervor. »Es gibt genügend Akademikerclans, die sind nicht qualifiziert, sondern degeneriert!«

»Halt, halt, bitte nicht unsachlich werden. Für uns kann es nur von Vorteil sein, auch einen Spezialisten dabei zu haben, der alles aus einem anderen Blickwinkel betrachtet. Das wird unsere Ermittlungen doch nur beschleunigen. Wenn man eine Arbeit so lange macht, wie wir beide, dann läuft man einfach Gefahr, betriebsblind zu werden.«

»Mich könnt ihr auch dazuzählen«, sagte Paul Wellmann, der eben hereinkam und die letzten Sätze mitbekommen hatte. »Wir gehören so langsam zum alten Eisen.«

»Keinesfalls, Paul, so habe ich das wirklich nicht gemeint.«

»Wenn man aber diesen Psychologen hört, dann ..«

»Jetzt seid doch nicht eingeschnappt, ihr beide«, versuchte Lindt, die Stimmung wieder etwas zu verbessern. »Bei der Fortbildung im letzten Herbst habe ich ihn erlebt. Zuerst war ich auch skeptisch, aber nach und nach konnte ich mich seiner Logik nicht mehr entziehen. Ich bin überzeugt, der versteht, wovon er spricht.«

»Solange er nicht auch noch die Leitung der SoKo übernimmt«, knurrte Willms und ging zur Tür.

»Einer aus dem Schwäbischen hier in Karlsruhe – niemals, ein Aufstand wäre sicher!«, rollte Paul Wellmann mit den Augen.

Das war zuviel für Lindt: »Also Paul, ausgerechnet du mit deinen norddeutschen Vorfahren«, schüttelte er den Kopf. »Und da sollen wir auf dem Weg ins vereinte Europa sein!«

Lindt war total erschöpft, als er gegen acht Uhr am Abend endlich nach Hause kam. Er schaffte es gerade noch, dem jungen Lehrer aus dem Dachgeschoss schöne Ferien zu wünschen, als der im Treppenhaus an ihm vorbeiging.

»Ach ja, Lehrer müsste man sein«, seufzte er, und drückte Carla ein Begrüßungsküsschen auf die Stirn. »Dann hätte ich jetzt sechs lange Wochen frei und müsste mich nicht mit einem arroganten Psychologen und einer Herde eingeschnappter Kollegen rumärgern.«

»Dann hast du wohl den falschen Beruf gewählt,

Oskar«, strich Carla ihm fürsorglich über die Wange. »Aber vor ein paar Monaten warst du doch noch der Ansicht, Lehrer zu sein, wäre nichts für dich – ›sich mit den dummen Kindern anderer Leute rumzuärgern‹.«

»Schön hat ers trotzdem. Ich muss den ›Waldstadt-Würger‹ fangen und der kann jetzt sorglos in der Welt rumreisen.«

»Als Erstes fährt er mal in den Schwarzwald zu seiner Mama«, stellte Carla fest. »Das ist ja bestimmt nicht die große weite Welt.«

»Ach, du hast mit ihm gesprochen?«

»Nur ganz kurz auf der Treppe.«

»Sag mal, willst du dich nicht bei uns bewerben, da könntest du den ganzen Tag Leute ausfragen«, stichelte Oskar, aber ein unwiderstehlicher Geruch zog ihn fast magisch in die Küche.

Knoblauch, getrocknete Tomaten, Olivenöl und eine Mischung italienischer Kräuter dufteten aus einer Schüssel mit Nudelsalat. Er konnte nicht widerstehen und musste sofort eine Gabel voll probieren.

»Hui, mit Chili hast dus anscheinend gut gemeint, ganz schön scharf!«, sog er laut hörbar die Luft ein.

Besorgt sah er Carla an, als sie wenig später zusammen auf dem Balkon saßen und beobachteten, wie die Lammkoteletts auf dem Elektrogrill brutzelten.

»Wenn es dunkel wird, fährst du mir auf keinen Fall mehr alleine durch den Wald.«

»Und tagsüber?«, wollte sie wissen.

»Bis jetzt hat er immer die Dunkelheit gesucht.« Nachdenklich rieb sich Oskar Lindt die Stirn.

»Ich kann mich nicht erinnern, dass du in den letzten 30 Jahren mal Migräne gehabt hättest«, zweifelte der Kommissar am nächsten Morgen Ludwig Willms' telefonische Krankmeldung an. »Das soll ich dir glauben?«

»Glaub doch, was du willst, ich kann auf jeden Fall nicht mitkommen, mit diesem, diesem …«

»Ach, daher weht der Wind, du weigerst dich, bei der Tatortanalyse etwas dazuzulernen«, stichelte Lindt in den Hörer. »Jetzt haben wir schon mal eine Koryphäe hier bei uns, so einen richtigen Profiler wie aus den amerikanischen Fernsehserien, und der Chef der Karlsruher Kriminaltechnik will sich drücken.«

»Die Akten könnt ihr ja bei uns abholen«, legte Willms kurz angebunden auf und Lindt sah ihn ein paar Minuten später aus dem Hof des Präsidiums fahren.

»Kleine Besetzung«, grinste Claus Eschenberg, als lediglich Lindt und Wellmann beim Dienstwagen auf ihn warteten.

Der Kommissar aber beschloss, gar nicht weiter auf das Thema einzugehen, und startete den dunkelroten Citroën in Richtung Stutenseer Allee.

Die Tatorte waren zwar nicht mehr abgesperrt, aber es bereitete den Ermittlern keine Mühe, die Örtlichkeiten wiederzufinden und alle Einzelheiten genau zu erklären.

Überraschenderweise war der Psychologe ziemlich wortkarg. Lindt hatte sich eher eine Vor-Ort-Diskussion ausgemalt, doch Eschenberg verrichtete seine Arbeit ganz im Stillen.

»Sie müssen verstehen«, sagte er schließlich, nachdem er auch den zweiten Tatort über eine Stunde lang mit der Akte der KTU in der Hand intensiv betrachtet hatte,

»ich bin nicht der, der die Faserspuren findet.« Er zeigte in Willms' Bericht. »Oder Glaskrümel vom Fahrradscheinwerfer, das kann die Spurensicherung viel besser. Nein, für mich ist entscheidend, weshalb ein Täter sich genau so und nicht anders verhalten hat.«

Der Blick, den Wellmann Lindt zuwarf, hieß ganz klar: ›Das haben wir bisher auch immer gemacht.‹

Eschenberg bemerkte den Augenkontakt sofort: »Sie werden sich diese Fragen ganz gewiss auch schon gestellt haben, aber können Sie mir zum Beispiel sagen, warum die erste Leiche viel tiefer im Unterholz lag als die zweite? Warum ließ er seine Opfer nicht gleich hier neben der Allee liegen? Tot waren sie sicherlich sehr schnell.« Er zeigte auf die Fotos der Gerichtsmedizin, wo die Spuren der Garotte rings um den Hals überdeutlich zu sehen waren.

»Hm«, blickten sich die beiden Kollegen an. »Ins Dickicht schleppte er sie natürlich, um einen Vorsprung zu bekommen, damit seine Tat nicht gleich entdeckt wird«, antwortete Wellmann.

»Aber, dass die Leichen unterschiedlich gut versteckt waren, das haben wir für Zufall gehalten«, vervollständigte Oskar Lindt.

»Kann sein, klar, muss aber nicht, kann auch begründet sein. Oder warum der Student auf dem Bauch lag, der Mofafahrer aber auf dem Rücken. Wenn er sie rückwärts in den Wald hineingeschleift hat und einfach nur fallen ließ, müssten ja beide in Rückenlage gefunden worden sein.«

Wellmann dachte praktisch: »Bringt uns das weiter, was den Personenkreis möglicher Täter anbelangt? Bis jetzt nehmen wir ja nur an, dass es ein recht kräftiger Mann getan haben kann.«

»Da gehe ich mit Ihnen d'accord«, stimmte der hochgewachsene Wissenschaftler zu, »aber welche Bedeutung die anderen Beobachtungen haben, dazu kann ich momentan auch noch nichts Abschließendes sagen.«

Er lehnte sich an den Stamm der Birke, die am Rand der Fahrbahn stand, und setzte die Betrachtung des Tatorts fort. »Wissen wir denn auf den Meter genau, wo die Tat geschah?«

»Hier an der Friedrichstaler Allee, wo Schallenbach ermordet wurde, können wir das nicht sicher sagen. Spuren im Sandboden, die ein fallendes Mofa hinterlassen könnte, haben wir zwar gefunden«, er zeigte vor den Psychologen auf die Erde, »aber ein paar Meter weiter gibt es genau solche Rillen und Verdrückungen. Kann von gelagertem Holz stammen, vielleicht hat ein Hund dort gebuddelt oder ein Kaninchen gescharrt, kurzum, sichere Spuren gibt es keine.«

»Auf dem Boden nicht, aber vielleicht hier!« Triumphierend zeigte Paul Wellmann auf die weiße Rinde der Birke, an die sich Eschenberg angelehnt hatte. Der Psychologe trat einen Schritt zurück, Lindt beugte sich vor: »Meinst du das hier?«

Eine waagerechte, dunkle Rille zog sich durch die Rinde, knapp einen Meter über dem Boden. Wenige Millimeter tief eingedrückt konnte sie nur dann auffallen, wenn man aus einiger Entfernung schaute.

»Da hat jemand einen Strich hingemacht, war mein erster Gedanke«, meinte Wellmann, »doch dann …« Er strich über die Rille. »Eine deutliche Vertiefung!«

»Wovon könnte das sein?«, überlegte Lindt und lenkte automatisch den Blick zur gegenüberliegenden Seite der Allee.

Eine jüngere Roteiche, kaum so dick wie ein Wassereimer, erregte seine Aufmerksamkeit. »Sieht so aus, als ob auch hier …«

Tatsächlich gab es im zweiten Baum eine ähnliche Rille. Gleiche Höhe, nicht sehr tief und irgendwie dunkel gefärbt.

»Hätten Sie vielleicht eine Erklärung dafür?« Lindt schaute auffordernd zu Eschenberg, doch der musste passen.

»Ich bin mehr spezialisiert auf die Frage, wie es *in* einem Täter aussieht. Was auch immer sich außen an diesen Bäumen abgezeichnet hat, das herauszufinden überlasse ich lieber den erfahrenen Praktikern.«

»Auf jeden Fall muss die Spurensicherung noch mal hierher. Schade, dass der Ludwig heute krank ist«, grinste Lindt und zog sein Handy aus der Tasche.

Es wunderte ihn kaum, als nach einer knappen Viertelstunde ein hellgrauer Kastenwagen angefahren kam und gleich dahinter Willms in seinem Dienst-Passat.

»Waldluft vertreibt meine Migräne bestimmt«, gab der kurz angebunden von sich.

Die Welt des KTU-Chefs Ludwig Willms war wieder in Ordnung. Schon am frühen Vormittag kam er persönlich ins Büro der Ermittler.

»Wir schreiben gerade die Protokolle fürs ganze Team, aber euch wollte ich es doch persönlich sagen: »Die Rille in den Bäumen stammt von einem Draht, der dort gespannt war.«

»Was soll denn das, ein Draht, quer über die Allee gespannt?« Jan Sternberg zeigte sich etwas begriffsstutzig.

»Ha, so was habe ich mir doch gedacht«, schnitt ihm Paul Wellmann das Wort ab. »In meiner Jugend oben in der Lüneburger Heide, da habe ich das mitbekommen. Noch zehn Jahre nach dem Krieg waren die Leute bettelarm. Entsprechend wurde viel gewildert und Holz geklaut. Wir hatten im Dorf einen neuen Förster, der nahm es mit dem Forstschutz sehr genau. Der alte, sein Vorgänger, der sah die Not. Er ließ schon mal jemanden laufen mit 'nem Handwagen voll gesammeltem Brennholz. Der Neue aber hatte in kürzester Zeit das halbe Dorf angezeigt und das war dann echt zuviel. Eines Morgens wurde er gefunden. Gebrochenes Genick, direkt neben einem Waldweg, sein Motorrad hing verbeult an einem Baum. Zehn Meter weiter hinten, direkt nach einer Kurve, war ein Draht über den Weg gespannt, mit dem haben sie ihn von der BMW geholt.«

»Den Salto kann ich mir richtig vorstellen«, nickte Oskar Lindt nachdenklich, »und Helme trug man damals noch nicht. Solche Fälle gab es hier im Süden auch. Zum Teil waren die Drähte genau in Halshöhe gespannt.«

»Puh, scheußlich, dann hat wohl jemand alte Wildererromane gelesen und gedacht, er müsste das jetzt ausprobieren«, überlegte Jan Sternberg.

»Oder ein übergeschnappter Naturliebhaber meint, dass hier im Hardtwald einfach zu viele Leute die Ruhe stören.«

»Zumindest die Nachtruhe,« stimmte Paul Wellmann seinem Chef zu. »Wenn sich rumspricht, dass wir schon zwei Ermordete haben, beide auf dieselbe Weise stranguliert, dann traut sich nachts keiner mehr dorthin.«

»Also suchen wir mal im grünen Bereich, bei irgendwelchen Waldfreunden oder Umweltschützern.«, schlug Jan Sternberg vor. Dann ereiferte er sich: »Vielleicht war es ja auch einer der Förster, dem der ständige Publikumsverkehr einfach zu viel wird.«

Das ging seinem Chef entschieden zu weit: »Jetzt übertreibst du aber maßlos, Jan. Meine Frau und ich, wir sind dort sehr oft im Wald, ist ja nicht weit von unserer Haustür. Der Förster ist ein sehr umgänglicher junger Mann, den kennen wir schon seit einigen Jahren. Dass der oder jemand von den Grünen, von Greenpeace oder einem anderen Umweltschutzverband so etwas machen würde, also das kann ich mir ganz und gar nicht vorstellen. Nein, ausgeschlossen!«

Ludwig Willms musste unwillkürlich grinsen: »Ich kenne da den Spruch eines berühmten, pfeiferauchenden Kriminalhauptkommissars.«

»Und, wie soll der heißen«, knurrte ihn Lindt an.

»›Sag niemals nie!‹ Sind das nicht deine Worte, Oskar?«

Lindt verzog das Gesicht, war aber nicht schlagfertig genug für einen passenden Konter. »Wenns unbedingt sein muss, könnt ihr euch ja mal umhören. Ich frage jedenfalls unseren Förster nicht nach seinem Alibi. Da mache ich mich wirklich nicht gerne lächerlich.«

»Der Draht«, meldete sich Ludwig Willms wieder, »hat übrigens wirklich diesen Schallenbach zu Fall gebracht. Erinnert ihr euch an den schwarzen Strich, quer über das Rohr des Mofas. Sprühfarbe, schwarze matte Sprühfarbe, gängiges Fabrikat, findet sich am Mofa und an den Bäumen.«

»Klar«, kombinierte Jan Sternberg blitzschnell, »der Draht sollte nicht auffallen, nicht im Scheinwerferlicht reflektieren.«

»Okay, das kann sein«, gab ihm Willms recht, »so was haben wir uns auch schon gedacht. Aber wir waren noch ein bisschen fleißiger.«

Gespannt lauschten die Kollegen.

»Am ersten Tatort«, fuhr der KTU-Chef fort, »fanden wir doch außer den Zinkpartikeln am Hals des toten Studenten keinerlei Spuren.«

Lindt nickte: »Habt ihr noch mal …?«

»Alles ganz genau, vor allem auch die Bäume an der Allee, und genau da, wo der Trampelpfad in den Wald hineinführt, wurden wir fündig.«

»Auch ein gespannter Draht?«, wollte der Kommissar wissen.

»Nein, danach haben wir zwar gesucht, aber gefunden haben wir was anderes, seitlich an einer dicken Kiefer: Zwei dünne schwarze Fasern, Baumwolle, T-Shirt-Stoff, passen genau zu denen vom zweiten Tatort.«

»Respekt, Respekt«, nickte Lindt, »jetzt wissen wir also ganz sicher, dass wir es in beiden Fällen mit demselben Täter zu tun haben. Er kommt nachts, trägt schwarze Kleidung, eine schwarze Maske und macht auch noch seine Fangdrähte schwarz.«

»Wirklich eine dunkle Gestalt«, resümierte Ludwig Willms. »Aber die Technik hat nun ihren Teil geleistet, jetzt wird es Zeit, dass auch die Ermittler mal Ergebnisse vorweisen.«

5

Gleich nach der 15-Uhr-Besprechung, bei der die Neuigkeiten allen Mitgliedern der SoKo bekannt gegeben wurden, begannen vier Teams, über die in Frage kommenden Personenkreise zu recherchieren.

Bei Stadtverwaltung und Landratsamt holte Paul Wellmann die Anschriften aller Forstbediensteten ein, die anderen suchten Anschriften und Telefonnummern der verschiedenen Organisationen heraus.

»Aber nur umhören«, schärfte Oskar Lindt den einzelnen Ermittlern ein. »Nicht, dass ihr ins Blaue hinein Verdächtigungen oder Anschuldigungen von euch gebt. Wir haben es mit sehr sensiblen Gruppen zu tun. Da ruft schnell mal einer bei der Staatsanwaltschaft an und beschwert sich über uns.«

Noch im Hinausgehen dreht er sich wieder um: »Ich will keinen Ärger, verstanden?«

Im Hof zog er schnell das Handy aus seiner Hosentasche und tippte eine ihm wohlbekannte Nummer ein.

»Na, was gibts?«, meldete sich Carla. Sie hatte Oskars Handy auf dem Display ihres Apparates erkannt.

»Wann machst du denn heute Feierabend?«, wollte er wissen. »Ich hätte Lust auf ein Eis.«

Die drei Rechtsanwältinnen, bei denen seine Frau arbeitete, hatten manchmal noch am Abend etwas Dringendes zu schreiben, sodass nie ganz sicher war, wann Carla wirklich gehen konnte.

»Die Idee gefällt mir, aber vor sieben wirds bestimmt nichts.«

Er schaute auf die Uhr. Noch über zwei Stunden. »Gut, du weißt ja wo, ich bin dort.« Er schluckte: »Und danach radeln wir gemütlich heim.«

Eine kleine Eisdiele unweit von Carlas Kanzlei war öfter mal ihr Treffpunkt. Lindt schloss sein altes Damenrad los und schwang sich darauf. Dass das Eis ausnahmsweise nicht der Hauptgrund für seinen Anruf war, konnte sich Carla unschwer denken.

Er hatte einfach kein gutes Gefühl und es wäre ihm viel lieber gewesen, wenn sie die Tram genommen hätte, aber seine Frau bestand darauf, bei dem warmen Sommerwetter mit dem Rad zur Arbeit zu fahren.

Was, wenn er durch seine Erfolge ermutigt wird, auch mal tagsüber zuzuschlagen? Lindt versuchte, diesen Gedanken zu verdrängen, doch es gelang ihm nicht.

Auf der Fußgängerbrücke über die Kriegsstraße stieg er ab. Nachdenklich lehnte er sich an das Geländer und betrachtete wieder einmal den Verkehr, der stoßweise unter ihm auf der vielspurigen B 10 floss.

Seine Kollegen waren jetzt gerade damit beschäftigt, alle Personengruppen, die irgendwie naturfreundlich aussahen, unter die Lupe zu nehmen.

»Quatsch, völliger Blödsinn«, sagte er laut vor sich hin und keiner hörte es in der Geräuschkulisse des Verkehrs.

In der Hosentasche fand er seine halbgerauchte Pfeife und brannte sie wieder an. Nein, er konnte sich überhaupt nicht vorstellen, dass jemand, der die Natur schützen wollte, dazu solche Mittel verwendete. Ausgeschlossen!

Klar, es gab auch radikale Umweltschützer. Spektakuläre Greenpeace-Aktionen gingen ihm durch den Kopf. Mit Schlauchbooten gegen Walfangschiffe, Robin-Wood-Aktivisten, die auf Kraftwerksschornsteine kletterten, um so gegen hemmungslose Luftverpestung und sauren Regen zu protestieren. Vieles davon war natürlich nicht legal – aber Mord? Nein, undenkbar.

Eine breite Hand legte sich auf Lindts Schulter. Er fuhr herum und blickte in ein altbekanntes Gesicht. Zwei Uniformierte, eine junge Polizistin und ein graubärtiger, enorm großer Schupo mit vier grünen Sternen auf der Schulter, hatten sich ihm unbemerkt genähert.

»Mensch, Rudi, hast du mich jetzt erschreckt.«

»Das war auch nicht weiter schwierig, wenn da einer auf der Brück steht und alles um sich rum vergisst.«

»Ich war ganz in Gedanken«, begann Lindt, doch sein Kollege winkte ab: »Ist ja klar, was dich drückt. Es gibt auch bei uns im Revier fast kein anderes Thema.«

Rudolf Holzberger und Oskar Lindt kannten sich bereits eine halbe Ewigkeit. Sogar die mehrtägige Einstellungsprüfung hatten sie vor vielen Jahrzehnten zusammen gemacht und in der Zeit bei der Bereitschaftspolizei waren sie in derselben Stube einquartiert gewesen.

Später hatten sich ihre Wege getrennt und während Lindt Karriere machte und zum obersten Mordkommissar von Karlsruhe aufstieg, war Holzberger lieber im Revierdienst geblieben.

Am liebsten ging er Fußstreife, der direkte Kontakt mit ›seinen‹ Bürgern war ihm das Wichtigste.

Selbst Lindt musste oft genug staunen, wen der Kollege alles kannte.

»Oskar, du weißt, ich schwätz mit de Leut und manchmal hör ich sogar 's Gras wachsen. Ich kenn in meinem Bezirk grad genug Spitzbuben mit Vornamen, aber ich bin mir sicher, von denen wars keiner!«

»Bei deinen Kleinganoven brauchen wir sicher nicht suchen, das nehme ich dir ab, aber vielleicht …«

»Oskar, komm mit«, schnitt ihm Holzberger das Wort ab. »Überall hab ich schon rumgefragt, keiner wusste was, aber zu einem wollt ich noch!«

Lindt schob sein Rad neben den beiden Streifenpolizisten über die Brücke und weiter bis zu einer schmalen Nebenstraße, wo Rudi vor der unscheinbaren Filiale eines Schlüsseldienstes stehen blieb.

»Der Paolo ist ein Universaltalent. Den hol ich regelmäßig, wenn wir eine Wohnung aufmachen müssen. Er lässt sich zwar nie auf die Finger schauen, aber ruckzuck ist die Tür offen.«

»Nutzt er seine Fähigkeiten nur legal?«, wollte die Polizistin wissen.

Holzberger grinste und zuckte mit den Schultern: »Jedenfalls hat er sich schon ganz lange nicht mehr erwischen lassen. Und er tut auch gut daran, denn du, Oskar, müsstest ihn eigentlich kennen.«

Lindt warf einen prüfenden Blick durch das Schaufenster. Er sah in einen tiefer liegenden Raum. Ein schmaler grauhaariger Mann mit gewaltigem aufgedrehtem Schnauzbart bediente gerade einen Fräsautomaten.

»Moment mal,« grübelte der Kommissar, »woher kommt mir der denn bekannt vor?«

»Denk dir den Schnauzer weg, die Haare schwarz und ihn auch ganz in Schwarz. Na?« Prüfend schaute Holzberger seinen Kollegen an.

Endlich zündete es bei Lindt. »Mensch, die schwarz Katz, ha, den hab ich doch damals, nein, nein, nicht ich, den hattest du, Rudi, schon in Handschellen, bis wir kamen.«

Holzberger beugte sich zu seiner jungen Kollegin hinunter: »Der war eine richtige ›Einbrecher-Legende‹, damals, vor über 30 Jahren. Vor dem war kein Schloss sicher und an den Dachrinnen ging er hoch wie eine Katz.«

»Immer in Schwarz gekleidet«, fuhr Lindt fort, »aber ein Mal lief es nicht so gut für ihn.«

»Wurde er überrascht?«

»Genau, das war in der Waldstadt draußen. Der Hausbesitzer hatte was gehört und gleich seinen Waffenschrank geöffnet. Dann hielt er ihn in Schach, Schrotflinte im Anschlag. Als er sich aber nach dem Telefon bückte, um bei uns anzurufen, da hat dieser Italiener wohl einen Briefbeschwerer zu fassen gekriegt und damit zugeschlagen.«

»Der Mann war bewusstlos und starb nach vier Wochen«, klärte Holzberger seine Kollegin auf. »Paolo wurde verurteilt, Totschlag, sieben Jahre. Seither ist er absolut sauber.«

»Und wie …?«

»Er saß neben dem Hausbesitzer weinend auf dem Boden. Wie ein Häufchen Elend.«

»›Einbrecher, kein Mörder‹, das hat er wieder und wieder ganz apathisch vor sich hingejammert«, konnte sich auch Lindt noch erinnern. »Damals sprach er nur sehr wenig Deutsch.«

»Das ist heute ganz anders«, öffnete Rudolf Holzberger die Ladentür. Er zog wegen seiner Zweimeterdrei den Kopf etwas ein und stieg die vier Stufen hinunter in den engen kleinen Laden.

Der Mann in der blauen Schürze lächelte erst, doch als er Lindt sah, erbleichte er schlagartig.

»Paolo, das ist …« Weiter kam Holzberger nicht.

»Ich kenne ihn noch«, flüsterte der Italiener tonlos. »Jeder kennt den Commissario con la pipa.«

»Damals«, nickte Lindt, »aber das ist lange her. Sie haben Ihre Strafe abgesessen.«

»Deine Sache ist erledigt, keine Sorge, wir möchten nur gerne wissen, ob du was gehört hast.« Rudi Holzberger trat hinter den Ladentisch und legte auch dem schmächtigen Italiener seine schaufelartige Pranke auf die Schulter. Es sah so aus, als hätte er ihn genauso gut freischwebend emporheben können.

Paolo wusste sofort Bescheid. »Da im Wald? Gleich zwei Mal? Alle sprechen nur noch davon, aber kennen tut den keiner! Alle sagen, das muss ein Verrückter sein, ein Kranker, ein gefährlich Gestörter, der die Leute nachts vom Fahrrad zieht und sie dann umbringt. Wirklich, ehrlich, großes Ehrenwort, ihr müsst mir glauben, gar, gar niemand weiß was drüber.«

Oskar Lindt zündete seine ausgegangene Pfeife zum

dritten Mal wieder an. Er sah dem Italiener genau in die Augen: »Schwarz! Er war schwarz gekleidet, ganz in Schwarz!«

Die Farbe wich aus seinem Gesicht, er sank auf den Hocker hinter der Theke. »Madonna!« Paolo faltete die Hände und streckte sie nach oben. »Ich doch nicht!« Er schien nur noch aus blauer Schürze zu bestehen, so zusammengesunken kauerte er auf seinem Dreibein.

»Rudi, du kennst mich doch«, raffte er sich zu einem kläglichen Hilferuf auf. »Ich helfe der Polizei, wo ich kann. Bitte Rudi, sag was.«

Doch bevor sein uniformierter Kollege antworten konnte, hatte Lindt auch nach einem Hocker gegriffen und sich auf die gegenüberliegende Seite des Tresens gesetzt. Er stützte seinen Ellbogen auf und reckte die offene Hand nach oben.

Paolo verstand nicht. »Was soll das?«

»Armdrücken, was sonst, wir beide gegeneinander.«

Zögernd schlug er seine schmale Hand in Lindts Hand und begann zu drücken. Mühelos rang ihn der Kommissar nieder. Auch beim zweiten und beim dritten Mal. Dann begann Paolo jedoch zu kämpfen. Sein Gesicht nahm schlagartig Farbe an und er drückte so stark, dass sich die Halsvenen wie kleine blaue Gartenschläuche nach außen wölbten. Tatsächlich schaffte er es, Lindts Hand nach unten zu bewegen. Erst kurz vor der Tischplatte hielt ihm der Kommissar stand und drückte wieder ein paar Zentimeter nach oben, doch dann musste er aufgeben.

»Unentschieden«, ächzte er und wie aus der Pistole geschossen: »Wo waren Sie zur Tatzeit?«

»Wer, ich?«, ganz verdattert stotterte Paolo. »Zu Hause bei meiner Frau natürlich, wie jeden Abend.«

»Wollen Sie in nächster Zeit verreisen?«

Der Italiener schüttelte den Kopf.

Lindt tippte ihm mit dem Zeigefinger auf die Brust und drückte ihn wieder auf seinen Hocker hinunter: »Bei Rudi abmelden, falls Sie die Stadt verlassen. Klar?«

»Wollten Sie ihn denn nicht mitnehmen?«, fragte die junge Kollegin den Chef der Karlsruher Mordkommission, als die Drei den Laden wieder verlassen hatten.

»Ich hab Ihren Griff zu den Handschellen gesehen«, kommentierte Lindt die Frage. »Rein nach Lehrbuch müssten wir ihn festnehmen, zumindest vorläufig. Das Alibi kann man vergessen und ganz so kraftlos, wie es scheint, ist er nicht. Seine südländische Ehre hat es wohl nicht zugelassen, immer nur besiegt zu werden. Aber trotzdem, warum hätte er das tun sollen? Ich sehe keinen hinreichenden Tatverdacht.«

Rudi Holzberger pflichtete ihm bei: »Für mich kommt er genauso wenig in Frage.«

Lindt sah ihn ernst an: »Ich war drauf und dran, ihn mitzunehmen. Der Staatsanwältin wäre das gleich recht gewesen, endlich ein Erfolg. Den hätte sie pressewirksam ausgeschlachtet.« Er schüttelte den Kopf: »Aber ich konnte es nicht, nein, dieser Paolo hat sicher nichts damit zu tun.«

Die Ermittlungsteams, die bei den stadtbekannten Umweltaktivisten auf den Busch klopften, waren ebenfalls wenig erfolgreich. Die Reaktionen der Befragten schwankten stark.

Die einen zeigten ein wenig Verständnis: »Klar, dass Sie bei uns nachfragen, wir sind ja dauernd im Hardtwald, schon alleine, um Aktionen gegen die geplante Nordtangente vorzubereiten.«

Andere reagierten sauer: »Unverschämtheit, was sollen wir denn damit zu tun haben?«

Ein pensionierter Oberstudienrat aber, auch bekannt als »das grüne Gewissen Karlsruhes«, bekam einen totalen Wutausbruch. Seit Jahrzehnten lieferte er sich einen persönlichen erbitterten Kampf mit der städtischen Bürokratie, konnte durchaus einige Erfolge erzielen, war bei Niederlagen aber leider nicht sehr frustrationstolerant und daher mit ständiger Gastritis gesegnet. Ob seiner Verbohrtheit und seines missionarischen Eifers in Umweltdingen hatte man ihn auch schon öffentlich »grasgrüner Scheuklappen« bezichtigt und so vermutete er hinter den polizeilichen Ermittlungen gleich intrigante Machenschaften der politischen Erzfeinde. »Das ist doch alles gesteuert, um mich persönlich in Misskredit zu bringen, nehmen Sie mich am besten gleich mit, in Handschellen, dann hol ich aber die Presse dazu!«

Lindt war verärgert, als er sich am nächsten Tag bei der Besprechung die Berichte anhörte, und knurrte drohend: »Ich hab doch gesagt, ihr sollt nur vorsichtig fragen, ob jemand was gesehen hat. Wenn das Ärger gibt, dann …!«

Jan Sternberg und Paul Wellmann konnten zwar auch keine Erfolge melden, waren in Forstkreisen aber wenigstens nicht auf derart krasse Reaktionen gestoßen.

»Fünf Förster haben wir befragt, keiner hat etwas mitbekommen«, berichtete Sternberg und Wellmann bestätigte: »Oskar, du hattest recht, die hängen zwar alle an ›ihrem‹ Revier, aber dass einer von denen ein Mordmotiv hätte, können wir uns beide beim besten Willen nicht vorstellen.«

14 Waldarbeiter hatten die beiden noch vernommen, ebenfalls ohne Ergebnis, doch für den heutigen Tag standen ganz aktuell sieben private Jäger auf dem Plan.

Sternberg wedelte mit einer Adressenliste: »Ihr Nachbar, Chef, der Waldstadt-Förster hat uns draufgebracht, er meinte, wir sollten mal die Jäger befragen. Diese Waidmänner sind noch am ehesten nachts unterwegs, wenn der Mond scheint und die dicke Wildsau den Boden umbricht.«

Die beiden Kriminalisten klapperten eine Adresse nach der anderen ab. »Puh«, stöhnte Sternberg nach dem dritten Gespräch, »so langsam komme ich mir vor wie ein Staubsaugervertreter.«

Wellmann nickte: »Auch wir jagen nur dem Dreck hinterher.«

Ein Amtmann aus dem Durlacher Finanzamt, in Neureut ein Verkäufer im Stahlgroßhandel, eine Bauingenieurin aus der Gartenstadt, alle jagten in ihrer Freizeit im Hardtwald.

»Einmal im Jahr bezahlen wir ein paar 100 Euro für den Begehungsschein und bekommen dann einen kleinen Pirschbezirk zugewiesen«, erklärte in Hagsfeld ein selbstständiger Metzgermeister und bat die beiden Kripobeamten in sein Jägerzimmer. »So kann sich das auch jemand mit normalem Geldbeutel leisten, ohne gleich eine ganze Jagd pachten zu müssen. Nur, wer etwas Außergewöhnliches schießen will, einen starken Rehbock oder einen Damhirsch, der muss für Trophäenträger noch zusätzlich zahlen.«

Die Kriminalisten schätzten den korpulenten, vollbärtigen Metzger auf Anfang 40. Er war etwas merkwürdig gekleidet, denn zu den weißen Gummistiefeln und seiner weiß-blau gestreiften Schlachterjacke trug er Kniebundhosen aus dunkelgrünem Leder. Aus einer kleinen Tasche an der rechten Hosennaht lugte der Hirschhorngriff eines feststehenden Jagdmessers. Stolz zeigte er auf die Geweihe an den Wänden: »Zu jedem davon kann ich Ihnen eine Geschichte erzählen.«

»Uns interessiert eigentlich mehr, ob Sie an zwei ganz bestimmten Abenden auch im Wald unterwegs waren«, kam Paul Wellmann auf den eigentlichen Grund des Gespräches zurück.

»An den Tagen, als die Morde passiert sind? Ist mir schon klar, warum Sie fragen.«

Der Metzger ging zu einer Eichentruhe, die mit Jagdmotiven verziert war. Umständlich zog er einen altertümlich wirkenden Schlüssel aus seiner Lederhose und öffnete das schwere Stück. Er bückte sich ächzend und holte ein grün eingebundenes Buch hervor.

»Mein Jagdtagebuch«, verkündete er stolz und begann, darin zu blättern. »Ich schreibe mir nicht nur auf, was ich wann geschossen habe, sondern auch, wie oft ich draußen war. Sie glauben ja gar nicht, wie mühsam es ist, hier in Stadtnähe ein Stück Wild zu erwischen. Tag und Nacht diese Unruhe. Alles voll mit Menschen.

Radler nachts um drei, Jogger mit Stirnlampen, Hundebesitzer, die ihre Köter einfach so herumstreunen lassen. Manchmal stinkt mir das schon gewaltig.«

»Bringen diese Waldbesucher Sie oft um den Jagderfolg?«

Das Gesicht des jagenden Metzgers verfärbte sich deutlich: »Hier, sehen Sie doch«, zeigte er in das Tagebuch. »Letztes Jahr im Oktober. Fast jeden Abend war ich draußen. Allein in diesem einen Monat 27 Mal bis in die tiefe Dunkelheit irgendwo auf einem Hochsitz gehockt.«

»Und?«, fragte Paul Wellmann weiter.

»Eins, zwei, drei, vier – ganze vier Rehe gesehen und davon nur ein Einziges geschossen.«

»Da würde ich mir aber ein anderes Hobby suchen«, kommentierte Jan Sternberg die frustrierende Bilanz.

»Einmal«, ereiferte sich der Jäger, »im letzten Winter, da hatte ich endlich eine Rotte Sauen vor mir an der Kirrung.«

Er griff unter die Eckbank und hob einen grünen Kunststoffbehälter empor, der auf allen Seiten kleine Löcher hatte. »Hier kommt Mais rein, um die Wildschweine anzulocken. Die rollen und schieben dieses Ding durch die Gegend und ab und zu fallen ein paar Körnchen heraus.«

Er überlegte kurz: »Ja, da saß ich also. Mitten in der Nacht, halb 12, bestes Mondlicht, ich hatte schon einen Überläufer im Zielfernrohr und war kurz davor, abzudrücken, da knackt es hinter mir im Unterholz. Schlagartig sind alle verschwunden.«

»Was war?« Wellmann konnte richtig mitfühlen.

»Ha«, stieß der Metzger aus, »fast hätte ich den Koller gekriegt. Zwei Weiber mit Stirnlampen und jede so einen großen Köter dabei, Dobermänner glaube ich. Sind ja sehr in Mode. Kommen auf dem schmalen Pfad dahergejoggt, direkt unter meinem Hochsitz durch. Mann, hab ich mich geärgert, aber du musst ja immer schön freundlich bleiben!« Er rollte mit den Augen, die Barthaare unter seiner wuchtigen Nase zitterten und die beiden Ermittler sahen ihm an, dass er den Hundebesitzerinnen am liebsten kräftig die Meinung gesagt hätte.

»Sie können meinen Bruder fragen, dem geht es auch nicht besser«, zeigte er hinaus in den Hof, wo das Geräusch eines Motorrades zu hören war. Ein gutaussehender Mittdreißiger in Black-Jeans und schwarzem Poloshirt nahm seinen Helm ab, schwang sich geschmeidig von der Maschine herunter und löste den Nierengurt.

Der Metzger stellte die beiden Kripobeamten und dann seinen Bruder vor: »Der Markus hat mit Metzgerei nichts am Hut, er betreibt das Fitnessstudio gleich dort vorne. Da war früher der Betrieb drin, jetzt schwitzen in unserer ehemaligen Wurstküche andere arme Schweine.« Er lachte dröhnend über seinen derben Spaß.

»Ich sehe das natürlich etwas anders als der Manfred, das werden Sie verstehen«, sagte der Motorradfahrer und streckte Wellmann und Sternberg die Hand hin. »Wir sind eher zwei ungleiche Brüder.« Das war in der Tat schon auf den ersten Blick zu erkennen. Solariumgebräunt mit Waschbrettbauch der eine, gezeichnet vom reichlichen Verzehr seiner selbst hergestellten Produkte der andere.

»Trotzdem haben wir dasselbe Hobby«, beeilte sich

der Metzger hinzuzufügen. »Unsere Pirschbezirke drüben im Hardtwald grenzen direkt aneinander, allerdings stecken bei ihm mehr Sauen in den Dickungen.«

»Werden Sie auch so oft durch Waldbesucher gestört?«, wollte Jan Sternberg wissen.

Der Fitness-Bruder schien die Situation etwas entspannter zu betrachten. »Manchmal ist es schon ärgerlich, aber hier, wo so viele Leute wohnen, leider nicht zu ändern.«

Er rollte den Nierengurt zusammen, stopfte ihn ins Innere des schwarzen Integralhelms, öffnete die Alubox an der Seite seiner massigen BMW-K-1200-S-Geländemaschine und verstaute die Utensilien darin.

Sternberg und Wellmann gelang nur ein ganz kurzer Einblick ins Innere der Box, doch hatten beide dasselbe gesehen.

»Ja, wir wollten eigentlich nur von Ihnen beiden wissen, ob Sie an den besagten Abenden irgendwelche besonderen Beobachtungen im Bereich der Hardtwald-Alleen gemacht haben?«, wandte sich Wellmann wieder an die Brüder, sah dabei aber vor allem den Motorradfahrer an.

Der machte ein völlig ratloses Gesicht.

»Es geht um die Morde«, beeilte sich der Metzger aufzuklären.

Entweder ein guter Schauspieler oder der weiß wirklich nichts, dachte sich Wellmann. Schade, der Überraschungsangriff war misslungen.

Der Metzger hatte noch sein Jagdtagebuch in der Hand und nannte das Datum der beiden todbringenden Nächte.

»Also ich ...«, er blätterte eifrig, »war an beiden Abenden draußen, Rehbockjagd, Sie verstehen, einmal kam mir ein Fuchs und das andere Mal«, er schlug ein paar Seiten weiter vor, »ach ja, da habe ich doch diesen Spießer geschossen.«

»Was, ein Spießer? Davon kenn ich eine ganze Menge, aber solche auf zwei Beinen. Hoffentlich müssen die sich nicht auch vor Ihnen fürchten«, grinste Jan Sternberg respektlos.

»Nein, das war selbstverständlich ein Rehbock!« Der Metzger schien für Späße über sein jägerisches Hobby keinen Sinn zu haben, während der Bruder lauthals loslachte.

»Waren Sie auch so erfolgreich«, wandte sich Wellmann gleich an ihn »und notieren sich jeden Tag, an dem Sie draußen waren?«

Der Metzger revanchierte sich gleich wegen des Gelächters: »Er sollte sich eher notieren, mit wem er auf der Jagd war«, zwinkerte er vielsagend.

»Ach«, Jan Sternberg hatte gleich kapiert, »das müssen Sie mir näher erklären. Steht ein kuscheliger Ansitz bei der Damenwelt tatsächlich hoch im Kurs?«

Der Motorradfahrer wurde etwas ärgerlich und funkelte seinen Bruder böse an: »Also bitte, mit wem und wo ich meine Freizeit verbringe, das geht ja nun wirklich niemanden was an.«

»War nur rein interessehalber, jeder lernt gern dazu«, entschuldigte sich Jan Sternberg.

»Den müssten Sie auf jeden Fall abmachen«, zeigte der Fitnessstudiobesitzer grinsend auf den Ehering an Sternbergs Hand.

»Zurück zu unserer Frage«, Paul Wellmann schaute auf die Uhr, »haben Sie in den zwei Nächten etwas bemerkt, was uns weiterhelfen könnte?«

»So auf Anhieb kann ich das wirklich nicht sagen, ich führe über meine Jagderlebnisse nicht so genau Buch«, lächelte er. »Wenn mir was einfällt, melde ich mich aber gerne.«

»Hast du auch gesehen, was ich gesehen habe?« Sternberg schaute Wellmann an, nachdem sie jedem der ungleichen Brüder eine Visitenkarte in die Hand gedrückt hatten und wieder in den Dienstwagen gestiegen waren.

»Da in der Staubox?«

Sein älterer Kollege nickte: »Eine Sturmhaube, zweifellos, aber Motorradfahrer brauchen wohl solche Unterziehmasken.«

»Unverdächtig?«

Wellmann zuckte mit den Schultern: »Wie es scheint, hat der im Wald was anderes im Sinn, als Leute umzubringen.«

»Ich schreibs trotzdem ins Protokoll.«

»Ach komm, dann lass uns doch lieber Nägel mit Köpfen machen.« Wellmann öffnete die Wagentür wieder und ging auf die beiden Brüder zu, die immer noch bei der schweren Geländemaschine standen.

»Dürften wir Ihre Kopfhaube mal sehen?«

»Meine was …?«

»Na das schwarze Ding zum Unterziehen, was man unter dem Helm trägt, dort aus der Box.«

»Wieso denn das jetzt noch?« Der Motorradfahrer wurde sichtbar ärgerlich.

»Nur mal anschauen«, sagte Jan Sternberg, der mittlerweile auch wieder ausgestiegen war und direkt auf die Maschine zuging.

Drohend baute sich der Fitnessstudiobetreiber vor seiner BMW auf. »Nein, nur mit Durchsuchungsbeschluss!«

»Was Schriftliches? Vom Richter? Kein Problem, organisieren wir sofort«, antwortete Paul Wellmann und griff nach dem Handy. »Bis wir den Beschluss haben, wird die Maschine aber beschlagnahmt.«

Das war zuviel. Mit einem Sprung hechtete der Motorradfahrer in den Sattel und griff zum Zündschloss, um zu starten. Jan Sternberg war eine winzige Kleinigkeit schneller. Triumphierend hielt er den Schlüssel in die Höhe: »Beschlagnahmt, falls Sie nicht richtig verstanden haben!«

Der Metzger stand völlig perplex daneben und verstand überhaupt nichts. »Was wollen Sie denn von meinem Bruder?«

»Nur ... mal ... da ... rein ... schauen!« Sternberg zeigte auf die Staubox, die seitlich neben dem Hinterrad befestigt war.

»Also, was ist jetzt? Freiwillig oder nicht?« Wellmanns Stimmlage hatte sich deutlich verschärft.

»Willkür, das ist staatliche Willkür, ich werde mich beschweren, ganz oben!«, tobte der braungebrannte Fitnessmensch.

»Wir schreiben Ihnen gerne die Adresse der Frau Oberstaatsanwältin auf, aber die wird Sie sowieso vorladen. Jan, mach auf!«

»Sollten wir ihn nicht besser schließen?«, raunte Sternberg seinem Kollegen zu.

»Wir versuchens erst mal so, den Achter können wir ihm immer noch anlegen.«

Jan öffnete die Box, allerdings so ungeschickt, dass zwei Teile des Inhalts auf den Boden kullerten. Ein Lederetui und eine kleine Schreibmappe lagen im Staub des Metzgereihofes.

»Das ist privat«, zischte der Motorradfahrer und wollte sich nach der Mappe bücken, doch der junge Kripobeamte war wiederum schneller. »Jetzt nicht mehr«, lächelte Jan Sternberg.

Er leerte die Box vollständig, hob auch das Etui auf und trug alles zum Dienstwagen, wo ihm Paul Wellmann die Heckklappe öffnete.

»Halten Sie bitte Abstand. Wir schauen das jetzt kurz durch und wenn wir nichts Besonderes feststellen, dann können Sie es gleich wieder zurückbekommen.« Paul Wellmann hob als Erstes die dünne Nylonmaske in die Höhe.

»Damit mache ich immer meine Banküberfälle«, giftete es von hinten.

»Wenn der sich so auffällig verhält, müssen wir die Haube auf jeden Fall mitnehmen.« Wellmann legte das Teil in eine Plastiktüte und griff nach der Schreibmappe, während sein Kollege das kleine Lederetui öffnete.

»Das ist mein Bordwerkzeug!«

Sternberg löste die Schnalle des gelochten Lederriemens und rollte das Etui auf. In kleinen Schubtäschchen steckten drei verschiedene Schraubenzieher, zwei Zangen, Gabel- und Ringschüssel verschiedener Größen, eine kurze Messingbürste und ... Sternberg stockte.

»Paul, sieh mal hier her«, flüsterte er. »Aber ganz vorsichtig und dreh dich nicht zu ihm um.«

Er zeigte auf eine kleine Rolle von dünnem Stahlseil, die ganz hinten eingeschoben war. »Was soll das sein? Ersatz für gerissene Bremszüge?«

»Am besten wieder einwickeln und so tun, als hätten wir es nicht gesehen. Wir packen alles zurück ins Motorrad und wenn du ihm den Zündschlüssel gibst, dann lassen wir die Handschellen zuschnappen.«

Sie drehten sich wieder zu den beiden Brüdern um und ... »Scheiße«, wie aus einem Mund.

Nur noch der Metzger stand mit verlegenem Gesichtsausdruck da. »Er musste mal kurz«, zeigte er auf die Haustür.

20 Sekunden Unaufmerksamkeit hatten gereicht. Entweder war er tatsächlich im Haus oder: »Schau du auf die Straße!« Wellmann hetzte die Stufen ins Haus hinauf.

Jan Sternberg rannte zum Hoftor hinaus und sah gerade noch einen roten Kleinwagen um die Ecke verschwinden.

»Paul, schnell, hier!«

Der kam schon aus der Ladentür gestürzt: »Er hat das Auto der Verkäuferin.«

Er riss das Handy aus der Hosentasche und drückte Kurzwahl 2: »Wellmann hier, Ringfahndung, Hagsfeld, roter Fiat Punto.«

Schnell stieß er die Ladentür wieder auf. »Wie ist die Nummer? Ihre Autonummer bitte!«

»KA-PS-258«, rief er ins Mikrofon.

Dann gab er noch eine knappe Personenbeschreibung durch und ließ sich mit Oskar Lindt verbinden.

Der Wagen wurde eine halbe Stunde später auf dem P+R-Parkplatz bei der Straßenbahn-Haltestelle »Fächerbad« entdeckt. Von seinem Fahrer fehlte allerdings jede Spur.

Zwischenzeitlich war ein Großaufgebot von Schutz- und Kriminalpolizei in Hagsfeld eingetroffen. Staatsanwalt Conradi brachte zwei Durchsuchungsbeschlüsse mit.

Eine Gruppe von Beamten durchsuchte die Gebäude der Metzgerei. Besonderes Interesse galt den Jagdwaffen.

»Den Schlüssel bitte!« Paul Wellmann öffnete einen in die Wand eingemauerten Stahlschrank. Pedantisch genau wurden 15 Gewehre, ein Smith & Wesson-Revolver im Kaliber .357 Magnum und eine deutsche 9 mm-Pistole mit den Eintragungen auf der Waffenbesitzkarte verglichen.

»Alles registriert, wird aber trotzdem vorsorglich sichergestellt.«

Sternberg machte sich derweil an der Eichentruhe zu schaffen und bemerkte schnell einen doppelten Boden. Er verbarg zwei nicht angemeldete Gewehre. Eine italienische Beretta Selbstladeflinte, deren Magazinkapazität unzulässig auf fünf Schuss erhöht worden war, und eine finnische Sako Präzisionsbüchse mit verbotenem Nachtsicht-Zielfernrohr.

Ein Luchsfell diente als Bettvorleger, zwei ausgestopfte Auerhähne zierten das Treppenhaus und ein präparierter Steinadler spreizte seine Schwingen über dem Esstisch.

»Haben Sie Papiere für die Einfuhr und den ordnungsgemäßen Erwerb dieser geschützten Arten?«

Wellmann bekam keine Antwort. »Also dann, alles einladen!«

Auch der total am Boden zerstörte Metzger, dem vor Angst und Hitze der Schweiß literweise aus allen Poren kam, wurde im Angesicht zahlreicher Schaulustiger in einem Polizei-Kleinbus abtransportiert.

Die zweite Gruppe stellte das Fitnessstudio seines flüchtigen Bruders auf den Kopf.

Rein vorsorglich hatte Oskar Lindt, der die Durchsuchungen vor Ort koordinierte, noch einen Drogenspürhund angefordert.

»Treffer«, meldete dessen Führer schon nach einer halben Stunde. Sein vierbeiniger Kollege gab vor einer Wand ausdauernd Laut. Hohler Klang beim Klopfen, von hinten oder den Seiten war aber kein Beikommen, also musste einer von Ludwig Willms' Technikern ran. Die Einhand-Flex schnitt die Gipsfaserplatte problemlos und legte ein Regal frei, in dem die verschiedensten Drogen fein säuberlich portioniert aufgestapelt waren.

»Heroin, Kokain, Ecstasy, alles, was das Herz begehrt«, kommentierte Jan Sternberg, »und dabei dachte ich immer, die Bodybuilder brauchen Anabolika. Wie man sich doch täuschen kann.«

Ludwig Willms staunte über einen Mechanismus zum Verschieben der Wand, der bei der Demontage der Verkleidungsplatten zum Vorschein kam. »Funkgesteuert«, stellte er fest, worauf Jan Sternberg – »ach, Moment, ich hab da noch was« – den Schlüsselbund des Motorradfahrers aus der Tasche zog. »Erster Versuch«, sagte er, drückte auf die Taste an einem Mercedes-Schlüssel und hatte Erfolg. Völlig lautlos glitten die Reste der Wandkonstruktion zur Seite und gaben das Drogenlager vollständig frei.

»Ach Jan, wir hätten da noch ein Problemschloss. Komm mal her mit dem Bund.« Paul Wellmann winkte seinen Kollegen ins Chefbüro, wo die Spurensicherung hinter einem kultig grell gemalten Ölschinken mit röhrendem Hirsch einen festgemauerten Wandtresor freigelegt hatte.

»Daran soll es nicht liegen, wir probieren alle Schlüsselchen aus. Wie wäre es mit diesem, nein, zu groß, aber der hier könnte doch, ja, genau, passt!«

Jan drehte zwei Mal, Willms betätigte einen Knebelgriff, zog die dicke Panzertür auf und schon lag das Innenleben des Safes offen da.

»Dem hätten wir die kriminalpolizeiliche Beratungsstelle vorbeischicken sollen«, witzelte Sternberg. »Das mit der ferngesteuerten Wand war ja noch ganz clever, aber ein derart primitiver Safe, nein, der muss sich seiner Sache schon absolut sicher gewesen sein.«

»Falls es euch interessiert, wer hier zur Kundschaft gehört, bitteschön!« Paul Wellmann tippte in einem Notebook herum, das er aus dem Tresor gezogen hatte. »Nein, schade, öffnen lassen sich die Dateien nur mit Passwort, da war er doch nicht ganz so unvorsichtig. Ein Fall für die Technik, bitteschön.« Er reichte den tragbaren PC an Ludwig Willms weiter.

»Unten im Wagen hätten wir noch mal was!« Sternberg zog Willms am Ärmel: »Das hier kriegen deine Mitarbeiter auch alleine fertig.«

Sie gingen zurück in den Hof der Metzgerei, zu Wellmanns Dienstwagen, einem langen 850-er Volvo. Die dunkelgraue Farbe und das kantige Heck des Kombis ließen jeden sofort an einen Leichenwagen denken, deshalb auch der Spitzname ›Fliegender Sarg‹, doch Paul stand da drüber.

»Zum Geburtstag wünsche ich mir von meiner Enkelin selbstgebastelte Palmwedel für die hinteren Seitenscheiben«, kommentierte er das Grinsen auf Ludwig Willms' Gesicht und öffnete die Heckklappe.

»Hier, drei Objekte aus der Staubox dieser BMW dort, bitteschön.«

Zuerst griff er nach dem durchsichtigen Plastikbeutel: »Motorradmaske, vielleicht mit DNA?«

Dann zog er sich wieder Handschuhe an und hob die kleinformatige Schreibmappe hoch: »An der hing dieser Fitnesskerl besonders, wir haben noch gar nicht reingeschaut.«

Als Letztes rollte er die lederne Werkzeugtasche auseinander und zog die Drahtrolle aus ihrem engen Fach: »Na, Ludwig, woran denkst du?«

Nachdenklich wiegte der Technik-Chef seinen Kopf: »Geländefahrer haben ja immer was zum Reparieren dabei, aber das hier könnte natürlich auch der Schlüssel zu unserem Waldstadt-Würger sein.«

Später beim Kaffee im Präsidium klopfte Oskar Lindt seinen beiden engsten Mitarbeitern anerkennend auf die Schultern. »Klasse Arbeit habt ihr heute geleistet, Gratulation! Aber verlasst euch drauf, beim nächsten Mal mische ich auch wieder mit!«

»Mist, dass wir ihm nicht gleich die Handschellen

umgelegt haben«, ärgerte sich Paul Wellmann. »Jan hat es auch noch gesagt.«

Sternberg tröstete ihn: »Ach was, das war nur so ein unbegründetes Gefühl. Zu der Zeit hatte er sich überhaupt noch nicht richtig verdächtig gemacht.«

»Wir kriegen ihn bestimmt«, zog Oskar Lindt nachdenklich an seiner Pfeife. »Aber, ob er wirklich unser Mann ist?«

6

In der Karlsruher Innenstadt staute sich die feuchte Hitze der schwülen Sommertage zwischen den Häusern und auch die Nacht brachte kaum Abkühlung.

Sehnsüchtig schaute Oskar Lindt immer wieder von den Aktenbergen seines Büros nach draußen. Der Sandstein des Polizeipräsidiums brauchte zwar immer einige Tage, um sich aufzuheizen. So lange war es drin noch angenehm kühl. Aber nachdem die Hitze jetzt schon fast zwei Wochen ununterbrochen anhielt, stieg auch das Thermometer auf dem Schreibtisch des Kommissars bis knapp unter 30 Grad.

»In den Schulen würde man hitzefrei bekommen«, beklagte er sich.

»Oskar, da sind doch Ferien. Was denkst du, warum Jan Urlaub hat.«

»Ich weiß, Paul, ich weiß, aber die Hitze dampft so langsam meinen Verstand ein.« Er trug nur noch weite weiße Baumwoll- oder Leinenhemden, weil er sich einbildete, die Schwitzflecken würden dann nicht so auffallen. Zusätzlich duschte er sich jeden Tag über Mittag noch kalt ab, doch alles half nichts. Er kochte in der feuchten Hitze wie ein Huhn im Topf.

Seinem Kollegen schienen die quälenden Temperaturen rein gar nichts auszumachen, aber Paul Wellmann war auch rank und schlank geblieben, während Lindt jedes Jahr mehr mit dem Gewicht kämpfte.

Zusätzlich belasteten ihn noch die Laborergebnisse. Der Fitnessstudiobetreiber aus Hagsfeld war definitiv nicht der nächtliche Schlingenzieher aus dem Hardtwald.

Die DNA-Spuren in seiner Motorradmaske waren nicht identisch mit denen an den Nylonfasern vom Mordfall Schallenbach. Die Drähte aus seinem Bordwerkzeug dienten wirklich nur zu Reparaturzwecken und auch in der Schreibmappe fand sich nichts, was für die Mordkommissare von Bedeutung gewesen wäre.

Das Drogendezernat dagegen frohlockte. Ihnen war ein richtig dicker Fisch ins Netz gegangen. Bei einer Zugkontrolle kurz vor der holländischen Grenze war er geschnappt worden.

Nach zwei Tagen hatten die Computerspezialisten der KTU die Passwörter des Notebooks geknackt und konnten den Fahndern umfangreiche Dateien liefern. Ob allerdings die Gäste des Fitnessclubs auch in der Drogenszene aktiv waren, musste erst noch ermittelt werden.

Mehr versprachen sie sich von der ledernen Schreibmappe. Sie enthielt ein Notizbuch mit Kalender, darin offensichtlich verschlüsselte Eintragungen. Die Auswertungen in Zusammenarbeit mit dem LKA dauerten noch an.

»Ihr habt was gut bei uns«, bedankte sich der Leiter des Drogenkommissariats bei Oskar Lindt und seinen Mitarbeitern. »Wir halten die Augen offen nach eurem Waldstadt-Würger!«

»Im Moment wäre ich schon mit einem Regentag zufrieden,« hatte Lindt geantwortet und sich zum mindestens hundertsten Mal an diesem Tag die Schweißtropfen mit einem großen weißen Stofftaschentuch von Stirn und Nacken gewischt.

Er beneidete Jan Sternberg, der mit seiner Familie ein kleines Ferienhaus in Dänemark gemietet hatte und sicherlich dort die angenehme Nordseebrise genoss.

Es half aber alles nichts, die Arbeit der SoKo »Waldstadt« musste weitergehen. Der Mord an Albert Schallenbach lag jetzt fast zwei Wochen zurück, Carsten Blees war 14 Tage davor stranguliert worden und alle bisherigen Spuren hatten sich als Sackgassen erwiesen. Lindt und seine Mannschaft trafen sich weiter täglich zwei Mal, um zu beraten, Aufgaben zu verteilen und gemeinsam zu überlegen. Nur Ergebnisse, Erfolge stellten sich überhaupt nicht ein.

Lindt kochte, ja, er war kurz davor, in der Karlsruher Sommerhitze überzukochen.

Als ganz angenehm empfand dagegen ein junger Wanderer die frische Luft auf den Schwarzwaldhöhen. Schon seit Tagen erholte er sich bestens. In T-Shirt, Shorts und Trekkingstiefeln, nur mit einem kleinen Rucksack bepackt, unternahm er immer neue Touren zwischen Freudenstadt und der Hornisgrinde. Manchmal mit dem Mountainbike, das er in der Stadtbahn extra mitgebracht hatte, meistens aber zu Fuß. Dann nutzte er die Busverbindungen, die ihn von seinem Quartier in Freudenstadt, der Stadt mit Deutschlands größtem Marktplatz, in die Hochlagen brachten.

Besonders die Gegend um den Ruhestein hatte es ihm angetan. Er war auf den breiten Wanderstrecken zwischen Schliffkopf, Wildsee und Seibelseckle zu finden, genauso auf den schmalen Pfaden, die sich ohne Wegmarkierung durch die ausgedehnten dichten Felder von Latschenkiefern schlängelten.

Häufig legte er sich auch unter eine große Schirmfichte und träumte in den Tag hinein oder er zog sein T-Shirt aus und sonnte sich auf einer abgelegenen Waldlichtung.

Allerdings spürte er seine innere Unruhe täglich mehr. Immer öfter griff er in den dünnen Rucksack, um das zu fühlen, was er neben Wasserflasche und Energieriegeln noch eingepackt hatte.

Er wollte es wagen, nein, er musste es ganz einfach tun, hier oben in den dichten Latschen, wenn auch am hellen Tag. Nachts kam sicherlich niemand vorbei.

Er musste weiterkommen, vorwärts, vollkommen werden, frei.

Nach vier Tagen hatte er einen Platz gefunden, der ihm wirklich zusagte. Optimale Übersicht, er selbst konnte sich dort aufhalten, ohne den geringsten Verdacht zu erregen und hatte doch alle Möglichkeiten.

Ein schmaler Pfad schien ihm passend. Vielleicht würde er länger warten müssen, bis er zuschlagen, nein, bis er zuziehen konnte, aber dafür war das Risiko auch wesentlich geringer als an den ausladend breiten Wanderwegen.

Wanderer waren jetzt zur Ferienzeit wirklich überall unterwegs, auch an Einzelnen gab es keinen Mangel.

Er setzte sich auf den sonnenwarmen kantigen Findling aus rotem Buntsandstein direkt am Pfad und nahm die Sonnenbrille aus dem Etui.

Er würde sich jemanden pflücken, so wie man eine Blume pflückt. Der Ausdruck gefiel ihm. Besser als umknicken oder abbrechen, das klang zu gewalttätig. Oder gar abreißen, furchtbar, eine blaue Glockenblume abreißen, kein halbwegs zivilisierter Mensch würde das tun.

Die Gewalt war das, was ihn eigentlich störte. Beim ersten Mal, als er den Radfahrer umgestoßen hatte. Es bedrückte ihn immer noch. Wesentlich ästhetischer war der Salto des Mofafahrers gewesen. Ein voller Überschlag, wie in Zeitlupe sah er das Bild noch vor sich, nur das Krachen in seinem Rücken beim harten Aufschlag, nein, die Methoden waren noch zu verbessern.

Dieses Mal pur, Garotte solo, in Reinform, ohne Hilfsmittel. Das dritte Mal immerhin, eine weitere Stufe nach oben, da wollte er sich selbst schon eine gehobene Qualität abverlangen. Das war er sich schuldig.

Zuerst hatte er mit einem einfachen Beinstellen geliebäugelt, aber es war ihm zu primitiv. Anfängermethode! Sein Opfer könnte außer Kontrolle geraten und vielleicht gar nicht fallen. Oder auf dem Bauch landen. Dann wäre das Überstülpen der Schlinge sehr schwierig und erst recht das Rückwärtsziehen. Keinesfalls wollte er ihm in die Augen sehen.

Er setzte eine khakifarbene Baseballmütze auf und zog sich den langen Schirm tief ins Gesicht. Als Sonnenbrille hatte er bewusst ein Modell mit breiten Kunststoffbügeln und ziemlich großen, sehr dunklen Gläsern ausgesucht. Das musste als Tarnung genügen. Außerdem war in der letzten halben Stunde niemand den Pfad entlanggekommen.

Er setzte sich quer auf den warmen Stein, um beide Richtungen problemlos im Auge behalten zu können. Eine leichte Kopfdrehung genügte und er konnte 30 Meter nach links und fast 50 Meter nach rechts sehen.

Zum hundertsten Mal überlegte er, ob er das Risiko noch minimieren könnte. Mehrere Sekunden lang, direkt bei der Ausführung würde er ungeschützt sein. Wer genau in diesem Moment um eine der schmalen Biegungen käme, der müsste alles sehen. Und sofort verstehen, was sich da abspielte!

Er versuchte zu verdrängen. Vergeblich, der Gedanke blieb, er musste sich mit ihm abgeben. Ein Restrisiko würde immer bleiben, bisher hatte ihm nur die Dunkelheit noch geholfen. Aber sollte er sich deshalb auf die leichten, die einfachen Strangulationen beschränken?

Nein, diese Erfahrungen hatte er schon gemacht und er wollte nicht stehen bleiben, sondern darauf aufbauen. Weiter, schwieriger, risikoreicher. Wie ein Kletterer, dem es nicht reicht, den Berg auf der einfachen Route bezwungen zu haben. Bei jedem Mal ein wenig mehr. Es reizte ihn.

Er zuckte zusammen. Stimmen, links, zwei knallrote Mützen leuchteten immer mal wieder durch das Geäst der Latschenkiefern. Jetzt kamen sie um die Biegung. Zwei Frauen, sie gingen hintereinander, vielleicht 60, ohne Rucksäcke, bestimmt Tagestouristinnen, sie schnatterten lautstark miteinander. Schwäbisch, wie es in Böblingen oder Stuttgart gesprochen wurde. Er kannte die feinen Unterschiede im Dialekt.

Sie näherten sich, er machte Platz und drehte sich auf seinem Stein zur Seite, suchte im Rucksack herum.

»Grüß Gott!« Freundlich grüßte er zurück, dann waren sie vorüber. Sie hatten ihn kaum wahrgenommen, so vertieft in ihrer Unterhaltung. Empörend, wenn sich der Ehemann nach neunundzwanzig Jahren eine Jüngere sucht.

Das Thema interessierte ihn nicht.

Eine weitere Stunde wartete er, halb entspannt, halb nervös. Niemand kam vorbei. Alle bleiben auf den markierten Wegen, wie sie sollen, dachte er und zwang sich weiter zu Disziplin. Der Stein wurde mit der Zeit recht hart. Ab und zu ging er drei Schritte nach links, pflückte dort ein paar dicke Heidelbeeren, dann zurück, drei nach rechts. Falls jemand kam, musste er schnell wieder sitzen.

Im Augenwinkel erhaschte er eine Bewegung. Dunkel, nein, kein Mensch, ein Vogel. Wie eine kleine Krähe, braun, mit vielen hellen Sprenkeln. Er erkannte ihn. Ein Tannenhäher, der nur hier oben in den dichten wilden Nadelwäldern vorkam. Keine Flachlandart. Samen und Nüsschen fraß er gern, drunten im Bannwald am Wildsee bestimmt auch Insekten aus den abgestorbenen Baumriesen.

Er war schon oft den steilen Fußweg zum See hinuntergestiegen und kannte die toten Fichten ganz genau.

Sie stehen da, unbeweglich, ohne Haut. Nackt und silbergrau glänzend schimmern sie in der Sonne. Erst verlieren sie ihre Äste und dann, viele Jahre später, brechen sie nach und nach in sich zusammen.

Denen hatte der Borkenkäfer den Garaus gemacht. Gefräßige Horden kleiner brauner Käferchen, die sich unter der Fichtenrinde fröhlich vermehrten und dabei die Lebensadern im Baum unterbrachen. Strangulierte Fichten sozusagen, die Natur legte ihnen die Schlinge um.

Er wollte es der Natur gleich tun. Ein völlig normaler Vorgang, überall, immer wieder, in einem fort. Es hatte ihn schon während seines Studiums fasziniert.

Heiser krächzend flog der Tannenhäher auf. Fast zu lange war er auf den Vogel fixiert gewesen. Er bemerkte das Olivgrün erst, als der Mann bereits auf 20 Meter heran war.

Dennoch entschied er sich: Jetzt! Zwei schnelle Blicke nach links und rechts, er drehte sich zur Seite und suchte intensiv im Rucksack. Fuhr in die Handschuhe, seine Hände fassten die Hölzchen.

Der Wanderer ging grußlos vorbei, zwei lange Sätze, er war hinter ihm, warf die Drahtschlinge über den Kopf.

Ruckartig und blitzschnell zog er zu, kein Ton, nur ein kurzes Gurgeln. Rückwärts zwischen die Latschen, er schleifte sein Opfer bestimmt 30 Meter über Bocksergras und Heidekraut hinein in die dichte Wildnis, die Schlinge immer straff gespannt. Zwischen zwei kleinen Fichten, Weihnachtsbäumchen wie gemalt, ließ er ihn fallen.

Die weit hervorgetretenen Augen gaben ihm Gewissheit.

Er ging in die Hocke, bewegte sich kaum, sah starr an seinem Opfer vorbei, tastete an der Seite des Kehlkopfes nach dem Puls, fühlte nichts, wickelte den Draht vom Hals und ging vorsichtig wieder zurück.

Seinen Rucksack hatte er hinter dem großen Sandsteinblock fallen gelassen. Niemand hätte ihn vom Pfad aus sehen können. Er trug die genarbten Handschuhe noch und zog den Draht langsam zwischen Daumen und Zeigefinger durch, um ihn zu säubern. Ein wenig von rötlich schmieriger Masse hing jetzt auf dem Leder. Er bückte sich und wischte über einen Heidekrautstrauch.

Komisch, bisher hatte er so schnell als möglich das Weite gesucht, aber jetzt drängte es ihn gar nicht so sehr. Er hing sich den Rucksack lässig über die linke Schulter und schlenderte los.

Perfekt, wirklich! Seine Hochstimmung steigerte sich immer mehr. Glänzend blau schimmerten wieder die Heidelbeeren am Wegrand. Er konnte nicht widerstehen und pflückte nochmals eine Handvoll. Dabei fiel ihm das prachtvolle Radnetz einer dicken Kreuzspinne auf. Sie war gerade dabei, eine grün-glänzende Schmeißfliege zu bearbeiten, die sich verfangen hatte.

Natur, dachte er, das ist der ganz normale simple Lauf der Natur. Werden und vergehen.

Er fand nichts Anstößiges daran.

Gut, die Spinne lebte davon, ihre Beute auszusaugen, er beschränkte sich auf das Töten an sich, doch das war nur ein marginaler Unterschied. Der Tod – nichts Besonderes, eher alltäglich.

Er bummelte gemächlich weiter, fühlte sich ganz leicht, seine Schritte schienen Federkraft zu besitzen.

Erst das laute Toben von Kindern an der Darmstädter Hütte weckte ihn aus dem Höhenflug. Ein magnetischer Anziehungspunkt für Familienwanderungen.

Väter schleppten Tabletts mit Kaffee und Kuchen ins Freie. Natürlich Orangenlimo für die Kleinen, Weizenbier für Papa.

Das Waldgasthaus lockte ihn nicht, er blieb jetzt lieber in Bewegung. Fast tänzelnd erreichte er wieder den Ruhestein, wo er sein Mountainbike angekettet hatte.

Kraftvoll trat er in die Pedale und nahm den Rückweg über die Schwarzwaldhochstraße. Eine gute Stunde für knapp 30 Kilometer war kein Problem.

Die Mutter schaute fern wie immer. Sie bemerkte das Glänzen in seinen Augen nicht.

Er ging nach oben in sein enges Zimmer mit den schrägen Wänden und öffnete eine kleine Farbdose. Rot! Er malte zwei rote Ringe, die dritten jetzt.

Die Hitze lähmte. Kommissar Oskar Lindt fühlte sich von Tag zu Tag unbehaglicher. »Mein Gehirn löst sich langsam auf«, klagte er am Nachmittag gegen halb fünf. »Paul, ich bekomme keinen klaren Gedanken mehr zusammen.«

Wellmann sah besorgt zur schweißperlenbesetzten Stirn seines langjährigen Kollegen. Die beiden hatten sich schon mit zwei großen Standventilatoren ausgerüstet. Lindt nahm die dritte Flasche Wasser dieses Tages aus dem Kühlschrank. »Manchmal glaube ich, je mehr ich trinke, desto mehr muss ich schwitzen. Jeder Schluck Sprudel drückt sich sofort wieder aus der Haut.«

Stöhnend ließ er sich zurück in seinen Schreibtischsessel fallen und griff wieder nach den Akten. Enorme Stapel waren schon durchgearbeitet. »Mord durch

Strangulation«, hatte er im Archiv angefragt. »Wir brauchen alles, was ihr habt.«

Auch von LKA und BKA bekam die SoKo Unterstützung. Täglich trafen neue Berichte ein, seitenlange Faxe, umfangreiche Mails, sogar von Interpol.

Kälberstrick, Krawatte, Schal waren gängig; auch Stromkabel kamen vor. Am Bodensee hatte es ein betrunkener Ehemann mit einem Gartenschlauch versucht. Es misslang und seine Frau überlebte, allerdings war sie zu lange ohne Sauerstoff gewesen und jetzt ein Schwerstpflegefall.

»Klaviersaiten, hier Oskar, lies doch mal.«

Wellmann hielt seinem Kollegen einen Bericht unter die Nase.

»Die Nazis?«

»Ja, aber woher weißt du …?«

»Aufhängen an Fleischerhaken mit Schlingen aus Klaviersaiten – die Hitler-Attentäter sollen auf diese Art hingerichtet worden sein.«

»Meinst du, dass es Glatzen waren, Neonazis, Rechtsradikale?«

»Quatsch, die suchen sich ihre Opfer genau aus. Entweder Abtrünnige aus den eigenen Reihen oder die politischen Gegner. Die nehmen nicht grad jeden, der durch den Hardtwald radelt.«

Die zwei Kommissare vertieften sich wieder in ihre Arbeit.

»Vielleicht ein Frankreich-Nostalgiker? Hier, Paul, lies mal, wie die südfranzösische Mafia in den zwanziger Jahren die Garotte eingesetzt hat.«

»Kann ich mir grad vorstellen«, antwortete Wellmann.

»Vornehmer Anzug, Kreidestreifen, Stresemann, Handschuhe aus dünnem Wildleder, die Schlinge in der Sakkotasche – da reicht doch ein dunkler Hausflur, um das Opfer abzupassen.«

»Exakt, genau so ist es hier beschrieben. Eine richtige Gentlemanmethode, kein Knall, kein spritzendes Blut, nur ein energischer Ruck an der Schlinge, kurzes Röcheln und Ende!«

»Kraft brauchst du aber dazu. Das hätte schön zu diesem Fitnessmenschen gepasst. Schade!«

»Mich beunruhigt«, sagte Oskar Lindt und stopfte trotz der Bullenhitze die vierte Pfeife dieses Tages, »mich beunruhigt, dass wir keinerlei Motiv ableiten können. Wenn der wirklich wahllos mordet, dann ist es nur eine Frage der Zeit, wann wir an der nächsten Leiche stehen.«

Wellmann zeigte auf seinen Monitor: »Eschenberg scheint auch so was zu vermuten. Hier in diesem Bericht schreibt er schon ganz offen, dass wir es wahrscheinlich mit einem Psychopathen zu tun haben.«

»Schade, dass Jan im Urlaub ist«, bedauerte Lindt. »Der hätte uns schon mindestens zehn Mal mit irgendwelchen Hirngespinsten genervt, wie wir dem Verrückten eine Falle stellen könnten.«

»Stimmt, Oskar, doch je mehr ich über alles nachdenke, umso weniger glaube ich, dass sein Verhalten kalkulierbar ist.«

»Nicht berechenbar«, nickte Lindt. »Aber es ist halt einfach nicht möglich, hinter jeder krummen Kiefer im Hardtwald einen Polizisten zu verstecken.«

»Die Kamera in der Eiche hat ja auch noch nichts gebracht. Obwohl …«, Wellmann wedelte mit einer

Akte, um die Rauchwolke seines Kollegen in den Luftstrom der Ventilatoren zu treiben, » … vielleicht hatten wir ihn auch schon hier auf unserem Monitor. Nur wissen wir leider nicht, nach wem wir suchen müssen.«

»Ein kräftiger Mann, Paul, also einer wie du und ich!« Beide lachten schallend. »Ich glaube, der spielt mit uns. Der will es uns zeigen.«

»Pervers ist er meiner Meinung nach nicht«, unterbrach Claus Eschenberg die Kollegen. Lindts letzten Satz hatte er beim Eintreten noch gehört.

»Nicht?«, antworteten die beiden Kommissare wie aus einem Mund. »Das sehen wir aber ganz anders, der ist doch total gestört!«

Wellmann wollte seinem Ärger noch weiter Luft machen, doch der Psychologe beschwichtigte: »Natürlich ist dieser Täter krank und zwar außerordentlich, aber der Tod reicht ihm. Es gibt ja dort in diesen Akten jede Menge Fälle, wo die Ermordeten noch zusätzlich grausam verstümmelt wurden. Abgetrennte Körperteile, aufgeschlitzte Bäuche, herausgeschnittene Herzen oder sexuelle Handlungen – das alles fehlt hier. Der Tod ist ihm anscheinend genug.«

Paul Wellmann klopfte auf den Aktenstapel: »Nichts Vergleichbares dabei, leider.«

Niemand vermisste ihn, den olivgrün gekleideten Wanderer, der mit offenem Mund und starren, weit hervorgetretenen Augen auf dem Rücken in der stehenden Hitze des undurchdringlichen Latschenkiefernfelds lag.

Insektenschwärme machten sich über ihn her. Stechmücken versuchten, noch etwas von seinem Blut abzuzapfen. Verschiedenste Arten von Fliegenmaden ließen es sich bald in allen feuchten Körperöffnungen gut gehen.

Große rote Waldameisen begannen schon nach wenigen Stunden, zu Tausenden auf seinem Körper herumzukrabbeln. Am Hals, wo sich der Draht leicht in die Haut geschnitten hatte, fingen sie an, ihn zu zerlegen, um die Larven im nahegelegenen Ameisenhaufen mit dem unerwarteten eiweißreichen Aas zu füttern.

Ein Kolkrabenpaar erledigte die Grobarbeit. Diese Wotansvögel hackten mit ihren massiven Schnäbeln die Augen heraus, um dann die dünne Knochenwand dahinter zu durchbrechen und an die weiche Gehirnmasse zu gelangen.

Als der menschliche Geruch nach einigen kräftigen Gewittern nicht mehr so stark war, trauten sich nachts auch die Füchse heran und nagten an der unverhofften Beute herum. Ein verendetes Reh wäre natürlich schneller aufgeräumt worden, aber grundsätzlich unterschied sich der Zerlegungsprozess bei einem toten Wanderer nicht von allem anderen Vergehen im biologischen Kreislauf der Natur.

Vor zwei Jahren hatte er sich eine Eigentumswohnung im Freudenstädter Stadtteil Kniebis gekauft, um im herben Reizklima auf gut 900 Metern Meereshöhe den Ruhestand zu verbringen. Von seiner Frau schon vor 15 Jahren geschieden und mit der einzigen Tochter völlig verstritten, suchte er seinen Frieden in der Natur des Nordschwarzwaldes.

Im Betonklotz, den er bewohnte, gab es viele Zweitwohnungen. Dort öffneten sich die Rollläden nur für ein paar Wochen im Jahr. Seine Nachbarn, die ständig hier wohnten und die ihn vom Sehen kannten, grüßte er nicht. Ein Sonderling, der höchstens ab und zu den Förstern und Holzhauern auffiel, wenn er mit langen Schritten seiner Wege ging, auf einem Felsen saß, um junge Füchse beim Spielen vor dem Bau zu beobachten, oder auf den Grindenflächen mit dem Fernglas den Vogelzug studierte. Kein Wunder also, dass sich nicht einmal der Hausmeister Gedanken machte, wo er abgeblieben sein könnte.

Pech für ihn, dass niemand auf die Idee kam, zu suchen, aber auch Pech für den, der täglich nervöser auf eine Radiomeldung oder einen Zeitungsartikel wartete.

»Der Tote in den Latschen«, hatte er sich ausgemalt oder »Stranguliert am Ruhestein«, doch nichts dergleichen geschah. Er hatte ihn einfach zu gut versteckt. Zu weit in die Wildnis hineingezogen.

Auf dem schmalen Pfad konnte man den Verwesungsgeruch kaum wahrnehmen. Der Wind kam meistens von Westen und wehte in die andere Richtung, Heidelbeeren gab es im Umkreis bald auch keine mehr und die wohlerzogenen Wanderer blieben naturschonend, wie man es ihnen beigebracht hatte, selbstverständlich auf den Wegen.

Zwei Hunde, die frei laufend dem Aasgeruch gefolgt waren, trauten sich nicht weit genug heran und suchten verstört wieder Anschluss an ihre Besitzer.

Ein tragischer Zufall, dass niemand den grässlichen Fund machte.

Es war nun schon fast 14 Tage her. Zwei Wochen

brütender Sommerhitze, unter der auch im Schwarzwald alle stöhnten.

Warum riecht denn keiner was, der stinkt doch gegen den Wind?, fuhr ihm immer wieder durch den Kopf, wenn er zum x-ten Mal am Kofferradio seiner Mutter die Regionalnachrichten auf SWR 4 lauter drehte oder morgens schon um halb sechs die Zeitung aus dem Briefkasten holte, um sie eilig durchzusehen.

Ausschlafen konnte er nicht, er fand keine Ruhe, denn von Tag zu Tag ärgerte er sich mehr, dass sein Werk unentdeckt blieb. Den Bereich am Ruhestein mied er bei den Ausflügen. Er verlegte sich mehr auf die kühlen Seitentäler der Murg nahe Baiersbronn. Der Ellbachsee zog ihn magisch an, auch zum dunklen Kar im Buhlbachtal machte er mehrere Biketouren. Zweimal suchte er sich Wege in den Wäldern um Bad Rippoldsau und gelangte über die Höhenzüge des Wolftales bis zum Glaswaldsee.

Doch je mehr Tage verstrichen, ohne dass eintrat, was er sich erhofft hatte, desto nervöser wurde er. Als er eines Abends in das niedrige Haus im Freudenstädter Manbachweg zurückkam, blieb er unschlüssig vor dem Telefon stehen. Sollte er vielleicht irgendwo anrufen, anonym natürlich und einen Leichenfund melden. Aber wo? Bergwacht? Rotes Kreuz? Forstamt? Polizei? Könnte die Telefonnummer zurückverfolgt werden? Dann lieber von einer Telefonzelle aus? Die Sache müsste jetzt endlich mal ins Rollen kommen.

»Wo willst du anrufen?«, hörte er die gedämpfte träge Stimme seiner Mutter hinter sich. Selbst ihr war die Unruhe des einzigen Sohnes nicht entgangen, obwohl eine tägliche Handvoll Psychopharmaka ihre Bewegungen verlangsamt und auch die Gedanken umnebelt hatte.

»Ach, nichts«, antwortete er und nahm die Hand schnell vom Hörer. »Ich dachte nur … ach, ich wollte noch … nein, doch nicht.«

Er sah in ihre matten Augen und wandte sich ab. Da, die Kellertür, doch auch von dort drehte er sich schnell zur Seite. Er war nie mehr unten gewesen und wusste doch noch genau den Tag. 12 war er gerade geworden und wollte eine Flasche Apfelsaft holen.

Ein Heizungsrohr, das waagerecht unter der Betondecke verlief und daran hängend sein Vater – die leere Bierkiste, auf der er gestanden hatte, lag umgekippt auf der Seite.

Wieso die beiden Polizisten vor der Haustür standen, als er schreiend die Kellertreppe hochgerannt kam, verstand er lange nicht. Viele Jahre glaubte er die Geschichte von der unheilbaren Krankheit und erst, als er schon im Studium war, um wie sein Vater Lehrer zu werden, erfuhr er die ganze Wahrheit.

Er nahm die Hand vom Telefon und ging in die Küche. Wenn er in den Ferien da war, kochte er immer. Auch wenn sie es abstritt, wusste er doch, dass sich seine Mutter nichts Warmes zu Essen machte, wenn sie alleine war. »Eine Kleinigkeit«, sagte sie für gewöhnlich, wenn er anrief und fragte, was sie heute zu Mittag gehabt hätte.

Einige Versetzungsgesuche hatte er schon gestellt, aber bisher ohne Erfolg. Eine kranke Mutter zählte für die Schulverwaltung wohl nicht so schwer wie der Grundsatz, einen Stellenwechsel frühestens nach fünf

Jahren zuzulassen, vor allem, wenn es die erste Stelle eines Junglehrers war.

»Was treibt dich denn um?« Sie merkte es trotz ihres Dämmers und obwohl er mit gewohnter Routine die Apfelpfannkuchen backte. »Hast du Ärger in der Schule?«

Er schüttelte den Kopf. »Mach dir keine Sorgen, bitte.«

»Meinetwegen musst du nicht hierher ziehen. Ich komme schon zurecht.«

Das sagte sie fast täglich, aber er sah überdeutlich, dass selbst ihr kleiner Haushalt sie völlig überforderte.

»Nächstes Jahr noch, dann habe ich schon vier dort unten in Karlsruhe. Sie müssen mich einfach gehen lassen.«

So tröstete er sie und vor allem sich jedes Mal. Zum Ende der Ferien wurde es immer schlimmer, aber sein Pflichtbewusstsein siegte. Er beschränkte sich auf Tagesausflüge und suchte nicht die Flucht in einer langen Reise.

Nach dem Abendessen setzte er sich wieder aufs Rad. Nur noch eine kleine Runde, bis um zehn blieb es auf jeden Fall hell. Ohne sich genau zu überlegen, wo er hinwollte, steuerte er den Kienberg an. Er ließ die letzten Häuser hinter sich und strampelte hoch bis zum Friedrichsturm. Vorbei an den unzähligen Rosen, die entlang des Weges gepflanzt waren, erreichte er die Höhe und fuhr geradeaus weiter in den Freudenstädter Parkwald. Ein älteres Kurgastpaar auf Abendspaziergang, er überholte sie, las irgendwo Palmenwald, bog in einen schmaleren Seitenweg ein, begegnete einer Joggerin mit Hund, bog wieder ab und kam an zwei weiteren Läufern vorbei.

Beim Lauferbrunnen suchte er den Salzleckerweg Richtung Kniebis, dann trat er mächtig in die Pedale, gab volle Leistung. Er wollte sich richtig auspowern, vielleicht konnte er so seine Gedanken etwas in den Griff bekommen.

Auf einer langen geraden Bergaufstrecke sah er vor sich einen anderen Mountainbiker. Er fuhr in dieselbe Richtung, aber deutlich langsamer. Kein Wunder, denn der vor ihm war ziemlich korpulent. Die breiten Pobacken ragten seitlich weit über den schmalen Sattel hinaus und aus der kurzen, eng anliegenden Radlerhose quollen massige Oberschenkel, bleich, voller Sommersprossen und haarig die Beine. Sein Japsen und Schnaufen konnte er schon hören, als er noch gute 40 Meter hinter ihm war.

Was dann kam, lief nahezu automatisch ab. Mit einer Hand öffnete er den Druckknopf und tastete in die Beintasche seiner Outdoor-Shorts. Ja, er hatte sein Handwerkszeug dabei, fühlte das rund zusammengeschlungene Metall.

Mühelos holte er den nassgeschwitzten Radler ein, fuhr ganz dicht neben ihn und als er auf gleicher Höhe war, gab er dem Dicken einen mächtigen Stoß.

Ein Schrei, dann der Flug! ›Platsch‹ in den tiefen Graben neben dem Weg.

Blitzartig stoppte er, ließ sein Rad fallen, griff in die Hosentasche, fasste mit den Radhandschuhen die beiden Hölzchen. Der andere lag bäuchlings, wie ein Sack, schräg, die Beine unten im Wasser, sein Gesicht am Rand des Grabens gegen einen kantigen Sandstein geschlagen. Blut sickerte nach der Seite. Nur ein leises Stöhnen war zu hören.

Mit drei Sätzen war er vor dem Kopf, schob die Schlinge über die verschwitzten gelblich-roten Haare, fasste seitlich, drückte mit beiden Händen den Draht zwischen Stein und Gesicht durch, sah die helle Haut des fleischigen Nackens vor sich.

Mit aller Kraft seiner trainierten Armmuskeln zog er zu. Der Körper unter ihm bäumte sich auf, eine Hand griff nach seinem Schuh, doch er konnte ausweichen, trat darauf, drückte die wurstförmigen Finger in den weichen Boden. Die fleischigen Waden strampelten – vergeblich. Zwei Minuten kämpfte er, zuletzt ein Röcheln, dann wurde er schlaff.

Er versuchte, den Dicken aus dem Graben zu ziehen. Vergeblich, bestimmt 120 Kilo, schätzte er.

Er ließ es sein. Das Risiko war zu groß. Wenn jemand um die Wegbiegung käme, wäre er entdeckt.

Schnell entfernte er die Schlinge vom Hals, stopfte sie unaufgerollt in die Tasche und schwang sich wieder aufs Rad.

So schnell er konnte, fuhr er weiter, bog an der nächsten Möglichkeit talwärts ab und nahm den Weg entlang des Forbachs für die Rückfahrt.

Kurz vor dem Waldschwimmbad am Langenwaldsee stieg er ab. Er musste sich erst besinnen und tief durchatmen. Eine Viertelstunde war er geflüchtet, abgehauen mit seiner ganzen Kraft. Wo war das Hochgefühl, das er sonst immer gekannt hatte? Sein Atem ging stoßweise. Er wollte sein Werk doch genießen, aber jetzt war er auf der Flucht.

Eine Kurzschlussreaktion, ungeplant, nicht vorbereitet, nicht genau ausgeklügelt und überlegt. Keine

Nacht, die ihn schützen konnte wie im Hardtwald, keine Wildnis, die sein Opfer verbarg wie am Ruhestein. Das Risiko war viel zu hoch gewesen.

Wieso hatte er sich dazu hinreißen lassen? Aus Enttäuschung, dass niemand den Toten in den Latschen gefunden hatte? Belasteten ihn die Depressionen seiner Mutter so stark, dass er ein Ventil brauchte?

Er sehnte sich nach der Befreiung, der Befriedigung, die er bisher immer gespürt hatte, und kam nur langsam zur Ruhe.

Es dämmerte bereits, als er das letzte Stück bis in die Stadt anging. Er fuhr auf der Bundesstraße und bergauf verlangte er seinem Körper noch einmal die maximale Leistung ab.

Ein Umweg über den Marktplatz? Vor der italienischen Eisdiele unter den Arkaden hielt er an und lehnte sein Rad an einen Pfeiler.

Plötzlich hörte er Sirenen, sah die Einsatzfahrzeuge in Richtung Kniebis fahren. Erst ein Streifenwagen, eine Minute später der Rettungsdienst. Ein drittes Fahrzeug, der Notarzt.

Nachdenklich leckte er an Schoko und Stracciatella.

7

Um zehn Uhr des nächsten Tages wurde die SoKo »Waldstadt« informiert, dass sich im Schwarzwald ein Verbrechen nach demselben Muster ereignet hatte.

Die Hauptkommissare Lindt und Wellmann machten sich umgehend auf den Weg nach Freudenstadt.

Es war halb 12, als der große dunkelrote Citroën der Karlsruher Kriminalisten bei Besenfeld auf die B 294 einbog.

»Noch 17 Kilometer«, las Paul Wellmann auf einem Verkehrsschild. Die Frequenz von SWR 4 wurde automatisch angepasst und statt des gewohnten Badenradios gab es nun Regionalnachrichten vom Landesstudio Tübingen.

»Ein Jäger entdeckte gestern Abend neben einem Waldweg zwischen Freudenstadt und Kniebis einen toten Radfahrer. Der vermeintliche Unfall stellte sich noch vor Ort als Tötungsdelikt heraus. Polizei und Staatsanwaltschaft haben die Ermittlungen aufgenommen.«

»Kurz und bündig«, kommentierte Lindt die Meldung. »Gut, dass nichts von einem möglichen Zusammenhang mit unseren Fällen erwähnt wurde.«

Wellmann meldete sich über Funk, ein Streifenwagen erwartete die beiden Kommissare kurz vor Freudenstadt und lotste sie zum Tatort.

Zwei Techniker der Spurensicherung waren gerade dabei, ihre Gerätschaften zusammenzupacken und das rot-weiße Absperrband einzurollen.

Franz-Otto Kühn, der örtliche Kripochef, nahm Lindt und Wellmann in Empfang und zeigte ein paar Digitalbilder: »So hat er gelegen, schräg, bäuchlings, die Beine im Wasser, den Kopf auf diesem Stein dort.« Er zeigte auf den Quader. Das rote Blut war schwärzlich verfärbt und eine Armee grün- und blau-glänzender Fliegen stob von ihrem Festmahl davon, als Lindt sich hinunterbückte.

»Genau wie bei uns, Oskar, dieselbe Handschrift«, stellte Paul Wellmann fest. Mit seinem Kugelschreiber fuhr er auf einem der Fotos die ringförmige rote Linie am Hals entlang, als wollte er versuchen, sie wegzukratzen.

»Fast, Paul, nicht ganz so wie im Hardtwald«, antwortete Lindt nachdenklich und klopfte den Tabaksrest aus seiner Pfeife in das Wasser des Grabens.

»Hat die Gerichtsmedizin schon exakt berichtet, womit er stranguliert wurde?«, wandte er sich an seinen Freudenstädter Kollegen.

»Heute früh per Telefon – auf jeden Fall war es ein Draht, verzinkt. Ein paar winzige Teilchen haben die aus der Halswunde gepuzzelt und unterm Mikroskop bestimmt. Falls ihr euch die Leiche anschauen wollt, müsst ihr aber einen Umweg über Tübingen machen.«

Lindt überlegte und begann wieder zu stopfen. Abwechselnd betrachtete er den steilen Rand des tiefen Grabens und die Bilder. Mehrmals war der Tote wenig schmeichelhaft von der Seite fotografiert worden, sodass seine enorme Körperfülle voll zur Geltung kam. Der Fotograf musste flach auf dem Boden gelegen haben. »Sieht ziemlich schwer aus«, kommentierte Paul Wellmann.

»Auch das wissen wir: 1,90m groß, 144 Kilo schwer. Wir mussten mit anpacken. Die beiden Bestatter bekamen ihn nicht alleine in den Zinksarg. Erst zu viert hats geklappt.«

Wellmann pfiff leise durch die Zähne. »So viel hätte ich echt nicht vermutet.«

»Das Bild täuscht. Ziemlich massig, wie er da lag ... und ein Mountainbike mit extra dickem Rahmen hatte er auch ...«

Lindt schickte einen finsteren Blick in Richtung seines Schwarzwälder Kollegen. »Bei Thema Gewicht reagiert Oskar etwas dünnhäutig«, raunte ihm Paul Wellmann zu.

Dicke Rauchwolken stiegen auf. »Wurden Fußspuren gesichert? Die hier zum Beispiel?« Der Karlsruher SoKo-Chef zeigte auf zwei Abdrücke hinter dem blutigen Stein.

»Könnt ihr haben«, versicherte Kühn. »Wir nehmen an, dass der Mörder dort stand.«

Lindt wandte sich wieder an Wellmann: »Wie bei unserem Mofafahrer. Zu Boden werfen und dann die Schlinge zuziehen.«

»Nur wegschleppen konnte er ihn nicht, klar, bei der Masse.«

»Kann sein, Paul, aber es gibt auch sonst noch ein paar gravierende Unterschiede.«

Er zeigte wieder auf die Fotos. »Das Fahrrad bleibt

am Tatort liegen, direkt neben dem Weg. Auffälliger geht es nicht und falls es wirklich derselbe Täter war, wieso sucht er sich dann eine derart ungünstige Stelle aus? Erst der tiefe Graben und dann«, er zeigte in den Wald hinein, »siehst du irgendwo Gebüsch oder Unterholz? Nein, nur dichter dunkler Hochwald und auf dem Boden etwas Moos! Es gab gar keine Möglichkeit, das Opfer zu verstecken.«

Franz-Otto Kühn gab ihm recht. »Dichten Unterwuchs haben wir den ganzen Weg entlang reichlich, nur hier gerade nicht. Er hätte wirklich einen besseren Platz auswählen können.«

»Und wenn er ihn gar nicht verstecken wollte? Vielleicht hat er das jetzt einfach nicht mehr nötig.« Lindt zog sein großes weißes Stofftaschentuch heraus und fuhr über Stirn und Nacken. »Er steigert sich. Zwei Mal braucht er noch die Dunkelheit, beim dritten Fall sucht er eine abgelegene Gegend aus und traut sich schon im Hellen.«

»Abgelegen? Hier? Überhaupt nicht!«, widersprach der Freudenstädter Kripochef. »Der Salzleckerweg ist eine unserer Hauptstrecken für Jogger und Biker.«

Lindt machte eine abwehrende Handbewegung: »Wenn bei euch alle Viertelstunde einer vorbeikommt, dann ist das wahrscheinlich schon viel. Im Hardtwald trifft man in derselben Zeit auf eine halbe Hundertschaft.«

»Kennt ihr das Opfer eigentlich?«, wollte Paul Wellmann wissen. »Ein Einheimischer?«

Kühn schüttelte den Kopf und schlug seine Notizen wieder auf. »Jonathan Mullingham, Engländer, 52, war zur Erholung hier. Er hatte Papiere bei sich.«

»Familie?«, fragte Lindt.

Kühn schüttelte den Kopf. »Junggeselle, begleitete seine Erbtante zwei Mal im Jahr zum Black-Forest-Trip. Die beiden waren erst vorgestern in der Zeitung. 40 Mal Freudenstadt, ein Kollege von der Streife hat ihn gleich erkannt.« Er faltete einen Artikel des ›Schwarzwälder Boten‹ auseinander. »Unten an der Waldlust steht sein dicker Range Rover, der fällt natürlich auf, besonders, wenn man so einen Rechtslenker mehrfach im Jahr sieht.«

»Reich?«

»Tuchfabrik in Mittelengland, Tweed und so was. Seit Generationen im Familienbesitz. Schon der Großvater hat angeblich, wie früher viele Engländer, unser mildes Reizklima geschätzt – steht zumindest hier drin.« Kühn hielt seinen Karlsruher Kollegen den Zeitungsausschnitt vor die Nase.

»Wenn er keine Kinder hatte, ist es jetzt wohl aus mit der Tradition«, rieb sich Lindt am Ohr. »Weiß man, wer den Laden erbt?«

»Ha«, lachte Kühn, »der gehört immer noch seiner Tante. Die ist erst 80, klein und drahtig, nicht so wabbelig – oh, Entschuldigung – nicht so schwergewichtig wie ihr Neffe. Spazierstock mit silbernem Griff, zackiger Gang, energischer Blick, jeden Tag zum ›Tea‹ in einem unserer Cafés, sie wird bestimmt 100.«

»Schade, jetzt hatte ich schon ein klassisch englisches Mordmotiv vermutet«, sinnierte Lindt, »aber wenn ›Miss Sophie‹ noch ganz rüstig ist, können wir das wohl abhaken.«

»Ich war heute Morgen bei ihr«, berichtete Franz-

Otto Kühn mit einem leichten Lächeln. »Sie nahm den Tod ihres Neffen erstaunlich gelassen und meinte nur: Oh, da ist wohl jemand dem Infarkt zuvorgekommen.«

Lindt zog die Augenbrauen zusammen und brachte schulterzuckend sein weißes Taschentuch wieder zum Einsatz. »Eigentlich dachte ich, es wäre kühler bei euch hier oben«, stöhnte er und trocknete sich die Stirn.

»Wie unser Karlsruher Präsidium, auch so ein Sandsteinkasten«, stellte Paul Wellmann fest, als sie an der Freudenstädter Polizeidirektion, dem ›Schickhardtbau‹, in der nordwestlichen Ecke des großen Marktplatzes angekommen waren. Sie folgten Franz-Otto Kühn, um die Einzelheiten ihrer Zusammenarbeit abzuklären.

Lindt freute sich über die Kühle in den Büros und meinte augenzwinkernd: »Wirklich angenehm. Ich glaube, wir verlegen die ganze SoKo hierher, zumindest bis bei uns unten die größte Hitze vorbei ist.«

»Drüben im Ochsen könnt ihr euch einquartieren, aber falls das Heimweh nach dem Badnerland zu arg wird, hätten wir auch unsere neue Technik, um in Verbindung zu bleiben.« Kühn zeigte auf Kamera und Großbildschirm im Besprechungsraum.

»Okay«, stimmte Lindt zu, »Videokonferenz, einmal täglich, morgens um neun und die Berichte mailen wir uns gegenseitig zu.«

Bei der Pressekonferenz am späten Nachmittag, die ein Staatsanwalt aus Rottweil zusammen mit Franz-Otto Kühn durchführte, hielten sich Lindt und Wellmann bewusst im Hintergrund. Die Parallelen mit den beiden Morden im Karlsruher Hardtwald sollten auf keinen Fall jetzt schon an die Öffentlichkeit gelangen, darüber waren sich alle Ermittler einig.

»Englischer Feriengast fällt Mordanschlag zum Opfer« titelte die Freudenstädter Lokalseite des ›Schwarzwälder Boten‹ am nächsten Morgen und auch die örtliche Journalistin der Südwestpresse hielt mit: »Britischer Mountainbiker im Stadtwald ermordet.«

Die überregionalen Tageszeitungen brachten eine Kurzmeldung auf ihren Südwest-Seiten und bei den Radiostationen ging der O-Ton des Staatsanwalts schon seit den Abendstunden des vorherigen Tages über den Sender.

Spekulationen über mögliche Mordmotive nahmen besonders bei den örtlichen Zeitungen großen Raum ein, die wenige Tage zuvor über Jonathan Mullinghams langjährige Treue zum Schwarzwald berichtet hatten.

»Forderte der erbarmungslose Konkurrenzkampf in der englischen Textilindustrie jetzt ein Todesopfer im Freudenstädter Erholungswald?«, fragte sich ein Lokalredakteur, der in einem Internetforum aus dem Vereinigten Königreich recherchiert hatte.

Eine für Insiderwissen aus der Kurstadt-Szene bekannte Kollegin tippte eher auf Eifersucht als Tatmotiv. Angeblich war der korpulente britische Junggeselle mehrfach mit einer ebenso molligen wie stadtbekannten goldblonden Unternehmergattin beim Tête-à-Tête auf einem Waldparkplatz an der Schwarzwaldhochstraße beobachtet worden.

Bilder, die ihn zusammen mit seiner Tante im Café zeigten, erschienen neben Fotos seines auffälligen

Geländewagens. Der massige, jetzt herrenlose Range Rover, wurde geschickt vor dem Hintergrund des Kurhotels in Szene gesetzt.

Ein Insidertipp aus der Polizeidirektion führte sogar zu Bildern des Tatorts mit der Unterschrift: »Englischer Tweedmillionär endet in Schwarzwälder Straßengraben.«

Nach dem Erscheinen dieses Fotos konnte Franz-Otto Kühn es auch dem Fernsehteam des Südwestrundfunks nicht mehr verwehren, einen zweiminütigen Nachrichtenbeitrag zu produzieren. Der Staatsanwalt war sich für ein Vor-Ort-Interview nicht zu schade und eine Großaufnahme des fliegenbesetzten, blutschwarzen Sandsteins, auf dem das Gesicht Mullinghams aufgeschlagen war, kam den Grenzen der Geschmacklosigkeit ziemlich nahe.

Oberbürgermeister und Kurdirektor, panisch auf den Ruf der Kurstadt bedacht, eilten in die Zeitungsredaktionen. »Schreiben Sie bloß nichts, was unsere Feriengäste verunsichern könnte. Es gibt keinerlei Gefahr im Stadtwald!«

Die Überschrift am folgenden Tag: »Freudenstädter Parkwald ist sicher!«, bewirkte aber genau das Gegenteil. Gerüchte heizten sich immer mehr auf, erste Meldungen von abreisenden Familien erreichten die Touristinformation.

Die Stimmung kochte vollends über, als ein Anzeigenblatt Interviews mit schockierten Waldbesuchern abdruckte. Ein Foto von drei Frauen wurde gezeigt, die Laufstöcke kampfbereit erhoben: »Nordic-Walking nur noch mit Hund und in der Gruppe.« Zwei Kindergartenleiterinnen gaben den sofortigen Verzicht auf Waldspaziergänge bekannt und ein Rentner-Ehepaar aus Bochum ließ sich 20 Zeilen lang über Angstzustände und Panikattacken in dunklen Nadelwäldern aus. »Auf Mallorca brauchen wir uns nicht zu fürchten.«

»Dagegen sind wir hier ja noch ganz gut weggekommen«, kommentierte Oskar Lindt bei der morgendlichen Lagebesprechung die Faxe mit den Zeitungsberichten aus der Schwarzwaldstadt. Selbst nach dem zweiten Hardtwald-Mord hatte es keine derartigen Presseexzesse gegeben und bis auf ein paar kurze Leserbriefe und gelegentliche Nachfragen der Journalisten, wie weit die Ermittlungen zwischenzeitlich wären, hatte sich das Interesse der Öffentlichkeit schon längst wieder anderen Themen zugewandt.

Seine gute Stimmung änderte sich aber schlagartig, als die Freudenstädter Kollegen zugeschaltet wurden und das besorgte Gesicht von Franz-Otto Kühn auf dem breiten Bildschirm erschien. Er hielt ein weißes Blatt in der Hand. »Vor einer halben Stunde kam ein Anruf. Der Lokalchef des ›Schwarzwälder Boten‹ hat diesen anonymen Brief hier in seinem privaten Briefkasten gefunden. Wir haben das Schreiben gerade von einer Streife abholen lassen.«

Der ernste Ton des Freudenstädter Kripochefs sorgte für Unbehagen. »Wollt ihr nicht wissen, was drinsteht?«, fragte er in die Videokamera, dann drehte er die Seite in die Linse.

›Immer dieselbe Schlinge!‹,

war in überdimensionaler Computerschrift zu lesen.

Darunter stand:

›Stutenseer Allee‹

›Friedrichstaler Allee‹

›Ruhestein‹

›Salzlecker Weg‹

»Was steht ganz unten?«, fragte Oskar Lindt erstaunt in das Objektiv der Karlsruher Kamera.

Kühn drehte das Blatt wieder. »Da steht der Hammer: ›Der Engländer hatte eine Zecke hinter dem rechten Ohr.‹«

Wie vom Donner gerührt, saßen die Ermittler da. Weder in Freudenstadt noch in Karlsruhe fiel ein Wort.

Jan Sternberg, seit zwei Tagen aus dem Urlaub zurück, fand als Erster seine Sprache wieder. »Damit hat er verdammt noch mal recht. Wir haben den Bericht der Rechtsmedizin ja alle gelesen.«

»Kann das ein Außenstehender wissen?« Oskar Lindt schüttelte ungläubig den Kopf.

»Nur ganz wenige konnten diese Zecke bemerkt haben, noch nicht mal die beiden Bestatter«, antwortete Kühn. »Nach der Spurensicherung hatten wir ihn auf den Rücken gedreht und außerdem war dieses Vieh kaum größer als ein Bleistiftpunkt.«

»Und Ruhestein?«, fiel Paul Wellmann ein. »Was soll das bedeuten?«

»Wir hier«, kam es deprimiert aus Freudenstadt, »wir fürchten, dass da noch jemand liegt.«

Franz-Otto Kühn entschied sich für Leichenspürhunde. »Bevor wir die BePo holen, versuchen wir es erst mal mit weniger Aufwand.« Dennoch ließ er die Einheiten der Bereitschaftspolizei in Bruchsal und Göppingen vorwarnen, dass sie möglicherweise für eine ausgedehnte Suchaktion benötigt würden.

»Treffpunkt Ruhestein«, beendete Oskar Lindt die Videoübertragung. Eine willkommene Gelegenheit, der drückenden Schwüle des Rheintals zu entgehen: »Da oben weht meistens ein angenehm kühler Wind.« Leider sollte er sich täuschen.

Kurz nach Mittag erreichte er mit seinem Team über die Schwarzwaldhochstraße von Baden-Baden her das Ziel. Die Einsatzleitung der Polizei hatte den großen Parkplatz unterhalb des Ruhestein-Skilifts abgesperrt. Zwei Grüne Minnas dienten als mobiles Lagezentrum. Funkantennen wurden ausgefahren und Stromkabel zum Naturschutzzentrum in die historische ›Villa Klumpp‹ gezogen.

Die verschiedensten Polizeifahrzeuge parkten in Reih und Glied. Bei einigen standen die Heckklappen offen und im Vorbeifahren erkannten die Karlsruher Kriminalisten schwarze hechelnde Schnauzen zwischen den Alustäben der eingebauten Hundeboxen.

Als Lindt die Fahrertür seines klimatisierten Citroëns öffnete, traf ihn die feuchte Hitze mit voller Wucht. Riesige schwarzblaue Wolken türmten sich draußen über dem Rheintal in die Höhe und ließen für den Tagesverlauf noch Blitz und Donner erwarten.

»Puh, von wegen kühles Lüftchen«, stöhnte selbst Jan Sternberg, dem es sonst nicht so schnell zu warm war.

An der Seite des größten Kastenwagens war eine breite Markise ausgefahren worden und spendete Schatten für die Lagebesprechung.

Magnete hielten eine Landkarte an der Außenwand des Fahrzeuges und ein Hauptkommissar der Schutzpolizei markierte darauf mit verschiedenfarbigen Leuchtstiften die Sektoren, in denen gesucht werden sollte.

»Zwei Leichenspürhunde aus Freiburg werden demnächst eintreffen«, informierte Franz-Otto Kühn, »dann haben wir insgesamt fünf und können beginnen.« Prüfend warf er einen Blick zum Himmel: »Hoffentlich hält das Wetter. Ein Gewitter wäre das Letzte, was wir jetzt noch brauchen könnten.«

Da der Ruhestein genau auf der Landkreisgrenze liegt, kamen nicht nur Beamte der Freudenstädter Polizeidirektion zum Einsatz, sondern auch Teams aus dem Ortenaukreis und den nahegelegenen Bereichen Rastatt und Baden-Baden.

Vier Förster und drei Mitarbeiter des Naturschutzzentrums waren als ortskundige Führer angefordert worden, dazu noch die Bereitschaft der Bergwacht aus Baiersbronn-Obertal mit ihrem geländegängigen Land Cruiser.

Generalstabsmäßig wurde der Fahrzeugeinsatz geplant, Allrad für schwierige Wegeverhältnisse, gewöhnliche Streifenwagen in den Bereichen mit gut befestigten Holzabfuhrwegen.

Die Hundeführer füllten und verteilten Wasserkanister, denn bei der großen Hitze war mit frühzeitiger Erschöpfung der Vierbeiner zu rechnen.

Zuerst sollten die Spürhunde auf allen Fahr- und Fußwegen der Suchbereiche entlanggeführt werden. »So kommen wir schneller voran und schaffen mehr Fläche.« Eine Streife quer durch das Gelände war dann als zweite Stufe der Suchaktion vorgesehen.

»Bleiben wir hier im Lagezentrum?«, wollte Jan Sternberg wissen. Lindt schüttelte den Kopf. »Wenn die nichts dagegen haben, möchte ich gerne dort hoch.« Er zeigte mit der Hand in Richtung des Skihangs. »Vielleicht ist es da oben noch ein bisschen kühler.«

»Na ja, weil ihr es seid«, stimmte Kühn widerstrebend zu und betrachtete Lindts schweißtropfenübersäte Stirn, »aber eigentlich möchte ich nur die Suchteams auf der Fläche haben.«

»Wir haben uns extra geländegängig ausgerüstet.« Paul Wellmann zeigte auf seine Wanderschuhe.

»Also gut, solange nicht auch noch rotkarierte Hemden zum Einsatz kommen«, schmunzelte der Freudenstädter Kripochef. »Schaltet eure Funkgeräte auf die Einsatzfrequenz.«

Die Karlsruher folgten einem Opel Frontera und einem allradgetriebenen VW-Bus auf dem ausgewaschenen Weg, der im Zickzack den Skihang hinaufführte. Vor einer tiefen Wasserrinne hielt Oskar Lindt an und nutzte die hydropneumatische Federung des Citroën, um die Bodenfreiheit noch um einige Zentimeter zu erhöhen. Bei einer großen Informationstafel über den ›Bannwald Wilder See‹ parkten sie und warteten, bis der Hundeführer mit seiner belgischen Schäferhündin auf einem schmalen Fußpfad zwischen den Latschenkiefern verschwunden war. Ein drahtiger junger Förster begleitete ihn.

»Kleiner Spaziergang zum Seeblick?«, schlug Lindt vor, denn die Gegend kannte er von gelegentlichen Wandertouren schon seit Jahrzehnten. Nach wenigen Minuten erreichten sie den Aussichtspunkt. Tief unter ihnen lag das schwarzglänzende Auge des Wildsees, umkränzt von den dunkelgrünen alten Fichten- und Tannenwäldern. Schon seit mehr als neun Jahrzehnten waren keine Bäume mehr gefällt worden, um einen neuen Urwald entstehen zu lassen.

»Und dort? Alle tot?« Sternberg zeigte auf die immer mehr ausufernden grauen und rotbraunen Flächen. »Auch das ist Natur«, gab sich Lindt ganz sachkundig, denn zusammen mit Carla hatte er schon an mehreren Führungen des Naturschutzzentrums teilgenommen. »Der Borkenkäfer ist ein Teil von ihr, aber er bringt nur Fichten zum Absterben. Weißtannen, Kiefern und Laubbäume befällt er nicht.«

»Oskar kennt sich aus, hier oben ist seine zweite Heimat«, zwinkerte Paul Wellmann, der die Vorliebe des Kollegen für die Schwarzwaldhöhen schon seit Langem kannte.

Lindt wollte gerade beginnen, in bester Fremdenführermanier die Aussicht über das vom Wildsee ausgehende Langenbachtal zu erklären, da krächzte das Handfunkgerät in Jan Sternbergs Hosentasche.

»Einsatzleitung für Arko fünf bitte kommen.«

»Hört«, kam die kurze Antwort.

»Hier Arko fünf, Leichenfund in Sektor C.«

»Mensch, das ist doch der Hundeführer, hinter dem wir hergefahren sind«, rief Sternberg aus.

»Genaue Lage?«

»Vom Standort unserer Wagen Fußpfad in westlicher Richtung, circa 400 Meter. Lotse kommt zu den Autos.«

»Auf, vorwärts!« Lindts Pulsschlag stieg rasant. Eine solche Meldung trieb sein Adrenalin auch nach fünfunddreißig Dienstjahren noch in die Höhe.

Sie hasteten zurück zu ihrem Wagen und bogen in den schmalen Pfad ein, den vor einer Viertelstunde der Hundeführer genommen hatte.

Nach ein paar Metern kam ihnen sein Begleiter, der Förster, entgegen. Er wirkte leicht grün im Gesicht und wies nach hinten: »Kein schöner Anblick, überhaupt nicht.«

Sie kämpften sich weiter. Die Äste der Latschenkiefern hinterließen harzige Spuren an ihren Hemdsärmeln. Sternberg, der die kleine Gruppe anführte, stolperte und konnte gerade noch nach einer kleinen Fichte greifen.

»Autsch, Mist!« Kleine spitze Nadeln steckten in seiner Handfläche.

»Immer mit der Ruhe, wir kommen noch früh genug hin«, kommentierte Oskar Lindt.

Fast hätten sie zwischen tiefhängenden Latschenzweigen den olivgrünen Einsatzoverall des Hundeführers übersehen. »Noch ein bisschen weiter, dann links rein«, rief er ihnen zu.

Ein tiefes Grollen kam aus der Kehle seiner Hündin. »Ich halte sie, ihr könnt kommen.«

Er zeigte die Richtung: »Zehn Meter weiter. Meine Asta ging wie an der Schnur gezogen. Aber Vorsicht, das ist echt nichts für schwache Nerven.«

In gebührendem Abstand passierten die Drei den erfolgreichen Hund und seinen Führer. Sternberg vorne, dann Lindt und zum Schluss Paul Wellmann schlängelten sich so gut es ging durch den dichten Bewuchs.

Zwischen Heidelbeersträuchern und Bocksergrasbüscheln lauerten knietiefe Löcher, sodass sie nur langsam vorankamen.

Plötzlich blieb Sternberg wie angewurzelt stehen. »Uuuh«, entfuhr ihm. Würgend hielt er die Hand vor den Mund und drehte sich blitzartig zur Seite.

8

»Mit der Presse haben wir jetzt ein echtes Problem«, raunte Franz-Otto Kühn seinem Karlsruher Kollegen zu. Beide standen nebeneinander im Heidekraut und beobachteten aus geruchssicherer Entfernung die Techniker der Spurensicherung bei der Arbeit. »Dieser verdammte Zettel im Briefkasten unseres Zeitungsfritzen – wer kann den da reingeworfen haben? Doch nur der Täter!«

Lindt nickte: »Das geht mir schon seit heute Morgen ständig durch den Kopf. Der wusste genau, was er tat. Es kann kein anderer gewesen sein. Aber wieso? Er scheint ja direkt erpicht darauf, dass seine Taten an die Öffentlichkeit kommen.«

Paul Wellmann mischte sich ein: »Absolut ungewöhnlich. Normalerweise versucht ein Täter doch sein Opfer so zu verstecken, dass es keinesfalls gefunden wird.«

»Richtig publicitygeil«, kommentierte Jan Sternberg.

»Wie unser Staatsanwalt«, rollte Kühn mit den Augen und schielte zum Fußpfad, auf dem sich gerade ein gutaussehender, gepflegt wirkender Mittdreißiger im grauen Anzug näherte.

»Eine ganze Horde von Journalisten habe ich im Schlepp, Radio und Fernsehen sind auch dabei. Die warten alle dort vorne«, zeigte er zurück in Richtung des Fahrweges. »Wann können wir etwas Näheres sagen?«

»Am besten, Sie schauen selbst, was man dazu noch sagen kann«, brummte Kühn verärgert. »Kommen Sie nur, hier gehts lang. Den Anblick vergessen Sie garantiert nie mehr.«

Der Staatsanwalt zuckte kurz zusammen, dann kämpfte er sich weiter in Richtung Spurensicherung, doch als er aus einigen Metern Entfernung den Verwesungsgestank roch und die grausigen zerrissenen, zerhackten, zernagten und zerfledderten Überreste dessen sah, was einmal ein einsamer Wanderer gewesen war, drehte er auf der Stelle wieder um.

»Wie bringen Sie …«, schluckte er und hielt sich ein blütenweißes Taschentuch vor den Mund, »… wie bringen Sie den hier raus?«

»Im Sack, geschlossen natürlich. Bestimmt nicht so, dass ihn Ihre Pressemenschen zu Gesicht kriegen! Oder wollen Sie das dort als Vermisstenfoto in der ›Landesschau‹ bringen?«

Der Staatsanwalt dachte schon wieder an seinen großen Auftritt und ließ sich nicht beirren: »Es würde sich gut machen, wenn wir den Abtransport für die Kameras freigeben. Die Polizeiwagen im Hintergrund, dann ein Schwenk auf die Wildnis hier mit diesen komischen niedrigen Bäumen, vielleicht noch der Hundeführer dabei und ich selbst als sachkundiger Kommentator.«

»Es wäre besser, wenn Sie die Zusammenhänge mit den beiden Karlsruher Mordfällen nicht so sehr betonen würden«, warf Oskar Lindt ein.

Unwirsch drehte sich der Jurist um: »Ich glaube kaum, dass das möglich sein wird.«

Leider kam es genau so. Gierig richteten sich die Linsen von über 20 Kameras auf den Zug, der im Gänsemarsch den schmalen Fußweg aus der Latschenkiefernwildnis entlang kam. Vorneweg der Staatsanwalt im eleganten Zweireiher, dann Kühn, gefolgt von uniformierten und zivil gekleideten Polizeibeamten. Besonders der Leichensack, den zwei in weiße Schutzanzüge gekleidete Kriminaltechniker schleppten, fand auf seinem Weg zum bereitgestellten Metallsarg größtes Interesse. Der Leichenspürhund musste extra nochmals aus seiner schattigen Transportbox geholt werden und auf staatsanwaltschaftliches Geheiß medienwirksam bellen.

Lindt blieb absichtlich im Hintergrund, doch nachdem die Heckklappe des Leichenwagens geschlossen war, musste auch er sich Seite an Seite mit dem Freudenstädter Kripochef und dem Staatsanwalt den Reportern stellen.

Deutlich hörbares Rumpeln kam vom immer finsterer werdenden Himmel, die Luft war extrem schwül geworden und Tausende blutrünstiger Stechmücken schwirrten aggressiv umher. Der Lokalredakteur, in dessen Briefkasten der Zettel gelegen hatte, verteilte Kopien an seine Kollegen, was zu hitzigen Diskussionen führte und die explosive Stimmung noch mehr anheizte. Wildeste Spekulationen und Theorien über die Zusammenhänge der Verbrechen machten die Runde.

»Vier Morde innerhalb von wenigen Wochen – seit wann wissen Sie, dass es sich um denselben Täter handelt?«

»Welche Art von Schlinge hat er benutzt?«

»Weshalb wurde die Öffentlichkeit über die Verbindung zu den Karlsruher Morden bis jetzt noch nicht informiert?«

»Verbringt ein gefährlicher Serienmörder gerade seinen Urlaub im Schwarzwald?«

»Welche Ermittlungsergebnisse haben Sie bereits?«

»Was wird getan, um die Feriengäste und die Bevölkerung zu schützen?«

»Wurde das Landeskriminalamt schon eingeschaltet?«

»Wann werden unsere Wälder wieder sicher sein?«

Die beiden leitenden Kommissare taten ihr Möglichstes, um die erhitzten Medienvertreter zu informieren, zu besänftigen und gleichzeitig die bisherige Vorgehensweise zu rechtfertigen. Sie berichteten von der intensiven gemeinsamen Arbeit der beiden kopfstarken Sonderkommissionen, über Hunderte von Spuren, denen man in Karlsruhe schon gefolgt war, und vom Einsatz eines spezialisierten Polizeipsychologen zur Erstellung des Täterprofils.

Der smarte Staatsanwalt allerdings beeilte sich mehrfach, dezidiert festzustellen, dass die mangelnde Aufklärung der Bevölkerung keinesfalls von seiner Behörde zu verantworten sei und schob den schwarzen Peter für dieses Vorgehen eindeutig in Lindts Richtung.

Die Erlösung aus dieser unangenehmen Situation kam schlagartig. Ein greller Blitz fuhr nur wenige 100 Meter entfernt vom Himmel – fast zeitgleich krachender Donnerschlag. Voller Panik flüchteten alle in die Fahrzeuge.

Die Kritik an seiner Arbeit wurmte Lindt mächtig. Für die Heimfahrt ließ er Paul Wellmann ans Steuer. Er selbst setzte sich auf die bequeme Rückbank des ausladenden französischen Dienstwagens und sprach kaum ein Wort.

Auch Carla gegenüber war er sehr einsilbig. Sie konnte es ihm ansehen, wie sehr ihn die Vorkommnisse beschäftigten. Er verzog sich mit Pfeife und einer Flasche kühlem Weizenbier auf den schattigen Balkon. Erst als auf dem Elektrogrill zwei feinmarmorierte Hüftsteaks brutzelten, taute er langsam auf.

»Nichts als pure Sensationsgier«, grollte er. »Zeitungen, Radiosender, Fernsehen – am liebsten hätten sie noch die Ameisen auf der Leiche fotografiert. Und dann dieser Staatsanwalt! Immer bemüht, sich selbst im besten Licht zu präsentieren. Fehler machen ja nur die anderen.«

»Habt ihr denn wirklich so viel falsch gemacht?«

»Ach was«, ereiferte sich Lindt, »wir haben nur versucht, eine Massenhysterie zu vermeiden und wenn dieser beschissene Zettel nicht gewesen wäre …«

»Dann hätte wohl niemand jemals den Toten vom Ruhestein gefunden.«

»Den hat auch niemand vermisst«, entfuhr es ihm spontan. »Entschuldigung, so wollte ich es nicht sagen, aber der Kühn hat noch angerufen, als wir wieder hier im Präsidium waren. Sie hatten Papiere in seiner Kleidung gefunden. Irgendein alleinstehender Sonderling, der ganz zurückgezogen gelebt hat.«

Lustlos kaute er auf einem Bissen seines Steaks herum. »Oskar, schmeckt es dir nicht?« Mangelnder Appetit war selbst in Extremfällen bei Lindt kaum einmal zu finden.

»Du weißt nicht, wie es weitergehen soll, stimmts?«

Er zuckte resigniert mit den Schultern. »Keine Ahnung.«

Seine Niedergeschlagenheit hielt auch am nächsten Morgen an. Die SoKo-Besprechung und die Konferenz mit den Freudenstädter Kollegen brachte kaum etwas Neues.

Der anonyme Brief wies keinerlei Spuren auf. Der Täter hatte wirklich sehr professionell gearbeitet.

Die Rechtsmedizin war immer noch dabei, die schon stark in Verwesung übergegangenen Leichenteile zu begutachten. Ein Spezialist für Biospuren hatte seine Arbeit aufgenommen und wollte versuchen, einen ungefähren Todeszeitpunkt festzustellen. Die Entwicklungsstadien von Insektenlarven aus den Körperöffnungen des Toten sollten dazu analysiert werden.

»Ob der Wanderer tatsächlich mit einer Drahtschlinge stranguliert wurde, kann gar nicht mehr sicher festgestellt werden«, informierte Franz-Otto Kühn seine Karlsruher Kollegen. »Überall ist starker Tierfraß festzustellen.«

Sternberg schüttelte sich angeekelt: »Das stelle ich mir lieber nicht in allen Einzelheiten vor. Mir reicht, was ich gesehen habe.« Paul Wellmann beruhigte ihn: »Ist doch normal, Jan. Auch im Holzsarg kommen irgendwann mal die Würmer – nur nicht ganz so schnell.«

»Eines können wir nun jedenfalls zum Täterprofil hinzufügen«, äußerte sich Polizeipsychologe Eschenberg. »Er will, dass die Taten bekannt werden. Es ist ihm wichtig, seine Werke öffentlich zu machen.«

»Sonst hätte er kaum einen solchen Hinweis gegeben«, stimmte ihm Lindt zu.

»Außerdem weicht er auch in seinem Vorgehen von dem ab, was bei Serienmördern sonst üblich ist.«

»Sie meinen diese bekannten Grausamkeiten? Abschlachten, zerstückeln, ausweiden, verzehren?«

»Es muss ja nicht gleich Kannibalismus sein, aber missbrauchen, sich am Leiden des Opfers aufgeilen, in blinder Wut 100 Mal darauf einstechen oder mit einer Eisenstange den Kopf zu Brei zertrümmern – das fehlt hier alles.«

Lindt wiegte seinen Kopf: »Nur umbringen, möglichst schnell und möglichst sicher, darauf scheint es ihm anzukommen.«

»Deshalb vermute ich, dass wir die Tatmotive nicht bei den Getöteten suchen dürfen. Die Ursache steckt sicherlich im Täter selbst, tief drin, eingebrannt.«

»Kindheit?«, wollte Paul Wellmann wissen.

»Denkbar«, antwortete Eschenberg. »Wie ich schon vor einiger Zeit gesagt habe, ist unsere Fachliteratur voll von prügelnden Vätern, betrunkenen Müttern, sexuellem Missbrauch, aber auch schon ein Aufwachsen in absoluter Gefühlskälte kann für ein Trauma aus Kindertagen sorgen.«

»Und das bricht Jahrzehnte später einfach unkontrolliert aus?« Lindt zweifelte.

»Es gab schon völlig unerklärliche Fälle, manchmal konnte man auch einen konkreten Anlass zuordnen. Eine kleine unbedeutende Begebenheit vielleicht, aber doch der berühmte Tropfen, der das Fass zum Überlaufen brachte.«

»Also, was können wir Ihrer Meinung nach jetzt noch tun? Ganz konkret?«

»Tja«, kratzte sich der Profiler am Hinterkopf und zeigte zu den bereits durchgearbeiteten Aktenstapeln: »Sie waren ja schon sehr fleißig.«

»Richtig«, meinte Paul Wellmann. »Bevorzugt haben wir Entlassene unter die Lupe genommen, besonders, wenn sie nicht aus dem Gefängnis, sondern aus der forensischen Psychiatrie kamen.«

»Unser Chef misstraut den sogenannten erfolgreichen Therapien«, vervollständigte Jan Sternberg.

»Sie haben nicht ganz unrecht«, musste Eschenberg zugeben und schaute dabei Oskar Lindt an. »Diese Fälle gibt es leider. Gute Prognose, Aussicht auf Resozialisierung, seitenweise wird in den Gutachten darüber geschrieben. Manchmal stimmt es, aber immer wieder stellt man erst zu spät fest, dass sich das Innerste eines Menschen auch nach Jahrzehnten nicht umkrempeln lässt.«

»Nehmen Sie es mir bitte nicht übel«, antwortete Lindt. »Jeder sehnt sich nach Erfolgen, auch die Leute Ihres Berufsstandes. Das ist völlig verständlich, aber die Euphorie über den neuen Menschen, der angeblich aus der Behandlung hervorgeht, blendet manchmal vor der Realität.«

Dann griff er in seine Aktentasche und legte die aktuelle Lokalseite der ›Badischen Neuesten Nachrichten‹ auf den Tisch. »Entwarnung für die Fächerstadt?«, stand dort groß und breit zu lesen. »Hardtwaldwürger mordet jetzt im Schwarzwald.«

»Schön wärs«, knurrte der Leiter der SoKo »Waldstadt« und verzog sich in sein Büro, um eine Pressemitteilung für die Karlsruher Medien zu verfassen.

Ein junger durchtrainierter Mountainbiker hatte an diesem Morgen schon um halb sieben Uhr sein Rad vor dem Freudenstädter Hauptbahnhof festgekettet. Mit einem dicken Bündel von Zeitungen verließ er wenige Minuten später wieder die Bahnhofsbuchhandlung. In der Bäckereifiliale auf der anderen Seite der Schalterhalle kaufte er noch eine Tüte mit Frühstücksbrötchen.

Kurze Zeit später war er wieder daheim im kleinen niedrigen Haus am Manbachweg. Die Mutter schlief noch, das beruhigte ihn. Er legte die Brötchen auf den Küchentisch und verzog sich leise nach oben. Nach eineinhalb Stunden hatte er die ganze Tagespresse vollständig gesichtet.

Stolz glättet er den Stapel von akkurat ausgeschnittenen Artikeln, zog einen schwarzen ledernen Aktenkoffer unter seinem Bett hervor, schloss ihn auf und legte die Blätter zu den übrigen in eine ebenso schwarze Sammelmappe aus Pappe. Er verstaute die Berichte über seine Werke wieder im Koffer, packte zwei dicke gebundene Bücher als Beschwerung obenauf, daneben die kleine Pappschachtel mit den feinen Pinseln und den sieben Farbdöschen. Sorgfältig schloss er ab.

Vorsichtig öffnete er die Zimmertür und horchte nach unten. Immer noch war nichts zu hören. Befriedigt machte er wieder zu und legte sich der Länge nach auf sein Bett. Er streckte die rechte Hand zur Beintasche seiner geliebten Jack-Wolfskin-Outdoorhose und öffnete den Druckknopf. Wie so oft berührte er das zusammengerollte Metall und fühlte den wohligen Schauer, der sich vom Magen her über seinen ganzen Körper ausbreitete. Die Fingerspitzen tasteten auch über die beiden Hölzchen. Dünn, aber dennoch stabil – deutlich fühlten die Fingerkuppen jeweils vier Lackringe. Das Anfassen genügte ihm, er brauchte es nicht einmal zu sehen. Weiß, gelb, rot und grün waren die Farben der Ringe. Blau, violett und schwarz fehlten noch. Fest drückte er den Knopf wieder zu.

Er war stolz – einzigartig, was er vollbracht hatte. Immer noch bewunderte er sich für seine Idee mit dem anonym eingeworfenen Zettel. Endlich kam seinen Taten die gebührende Aufmerksamkeit zu. Gut, dass der alte Computer immer noch hier in seinem Jugendzimmer stand. Seit dem Abitur hatte er ihn nur ganz selten benutzt, doch jetzt war er zu neuen Ehren gekommen.

Drei fehlten noch zu sieben, zum Ziel. Er schloss die Augen und malte sich aus, wie es weitergehen sollte. Auf jeden Fall in Karlsruhe. Übermorgen wollte er wieder fahren. Zurück in die Anonymität der Großstadt, wo er fast niemanden kannte. Zurück in seine kleine Dachwohnung in der Waldstadt, wo er dem freundlichen rundlichen Kommissar, dessen Pfeifenduft er so gerne roch, öfter mal im Treppenhaus begegnete. Das reizte ihn besonders.

Ein Sonnenstrahl weckte ihn. Erschrocken schaute er auf seine Armbanduhr. Schon halb 12! Er musste eingeschlafen sein über den Phantasien, in denen er sich Szenarien von zukünftigen Taten vorstellte. Drei Mal noch –

danach wollte er aufhören. Manchmal bekam er leise Zweifel, ob er es dann tatsächlich schaffen könnte. Das berauschende Gefühl, die Hochstimmung, der wohlige Schauer bis in die Zehenspitzen – würde er darauf verzichten können?

Mit einem Satz schwang er sich vom Bett herunter. Seine Mutter hatte ihn nicht gestört, so rücksichtsvoll war sie. Wie schon immer, vorsichtig, zurückhaltend, verständnisvoll, freundlich zu jedem, immer leise und einsteckend, niemals laut und austeilend. So vieles hatte sie erduldet.

Er erinnerte sich noch genau an früher. Oft konnte sie vor Schmerzen kaum gehen. Die Blutergüsse verbarg sie unter dunkler Kleidung. Manchmal blieb sie wochenlang im Haus, bis die blauen Flecke in ihrem Gesicht wieder abgeklungen waren. Die Einkäufe musste er dann immer machen. Trotzdem hatte sie nie gewagt, sich aufzulehnen, und ihrem Sohn immer nur beschwichtigende Antworten gegeben, wenn er fragte.

Warum verspürte seine Mutter keine Erleichterung, als der Vater tot war? Später, mit 15, 16, versuchte er wieder und wieder, mit ihr darüber zu sprechen – sie antwortete immer ausweichend.

Einmal war sie nicht zu Hause gewesen, als er von der Schule heimkam. Eine Großtante, die er kaum kannte, hatte ihn damals erwartet und vom Unfall berichtet. »Ein Wunder, dass deine Mutter noch lebt. Wie man auch einen so großen Lastwagen übersehen kann …?« Elf Wochen musste er damals im Murgtal auf dem verlotterten Bauernhof dieser harten und wortkargen Verwandten wohnen und durfte seine Mutter zuerst gar nicht im Krankenhaus besuchen. Später wurde er ein zweites Mal für längere Zeit dort untergebracht, weil die Mama monatelang zur Kur war.

Als sie wieder zurückkam, schaute sie noch trauriger drein, war oft beim Arzt und bekam immer mehr Medikamente verschrieben. Heimlich las er die Beipackzettel, aber erst als er schon in der Oberstufe war, begann er, ihre Krankheit zu verstehen.

Er schaute schnell in den Spiegel und fuhr sich mit der Hand durch die Haare. Sie sollte nicht sehen, dass er den halben Vormittag verschlafen hatte.

Leise öffnete er die Zimmertür und stieg vorsichtig die steile Treppe hinunter. Er lauschte. Alles still. In der Küche war sie nicht. Die Brötchentüte lag unberührt auf dem Tisch. Die Wohnzimmertür war geschlossen. Er schaute hinein – nichts. Er klopfte an ihr Schlafzimmer. Keine Antwort. Er klopfte lauter, wartete, drückte die Klinke nach unten, öffnete langsam – das Bett war gemacht.

Ein beklemmendes Gefühl stieg in ihm hoch, er nahm zwei Stufen auf einmal nach oben, stieß die rohe Holztür zum Wäscheboden auf. Nichts! Mehr Räume gab es nicht im Haus.

Vielleicht war sie zum Arzt? Einkaufen? Die Angst schnürte ihm die Luft ab. Er sah, dass seine Mutter nicht weggegangen war. All ihre Schuhe standen ordentlich im Regal.

Sein Blick ging zur Kellertür. Dort hinunter? Keinesfalls! Niemals! Doch er fühlte, dass ihm keine Wahl blieb.

Er sah den umgestürzten Hocker. Die gleiche Stelle,

eine rote Wäscheleine, dasselbe Rohr. Ihr Gesicht schien ganz dunkel, violett, fast schwarz.

»Oskar, du Querdenker, wo sind deine Ideen, deine unkonventionellen Methoden?« 14 Tage nach der Suchaktion am Ruhestein saß Ludwig Willms, Leiter der Karlsruher Kriminaltechnik, dem Hauptkommissar auf der anderen Seite des Schreibtisches gegenüber.

Der Angesprochene schüttelte nur müde und erschöpft den Kopf. »Mir fällt beim besten Willen nichts ein. Ich fühle mich völlig leer, so richtig ausgebrannt.«

Die SoKo hatte bis jetzt 47 Triebtäter überprüft, allesamt Haftentlassene, die ihre Strafe bereits verbüßt hatten. Auf Anraten von Claus Eschenberg waren auch Vergewaltiger und Kinderschänder, die nicht getötet hatten, mit in das Spektrum der Verdächtigen aufgenommen worden. »Es kann ein Zufall sein, dass die Opfer nicht zum Schweigen gebracht wurden«, hatte die Begründung des Psychologen gelautet.

Für Oskar Lindt war dieser Ermittlungsansatz zwar akzeptabel, aber weil bisher nur Männer stranguliert worden waren, und das anscheinend wahllos, suchte er verzweifelt nach anderen Möglichkeiten, das ›Strickmuster‹ des Mörders zu entschlüsseln. Es machte ihn völlig fertig, dass ihm dazu nichts einfiel.

Nachts schlief er kaum mehr als drei Stunden am Stück, tagsüber überfiel ihn bisweilen bleierne Müdigkeit. Sein vegetatives Nervensystem spielte verrückt. Obwohl er nur sehr wenig aß, plagten ihn Magenschmerzen, Blähungen und schlagartig einsetzende Durchfälle. Die schon wochenlang anhaltende Hitze kam dazu – kurz, seine Stimmung war auf dem absoluten Nullpunkt.

Deshalb hatte er Ludwig Willms zu einem intensiven Vier-Augen-Gespräch in sein Büro gebeten. »Meinst du, wir haben etwas übersehen?«, fragte er ihn.

»Wie? Tatortspuren? Nein, das ist kaum möglich. Alles intensivst abgegrast. Die Faserproben, dann die DNA – ja gut, Fingerabdrücke fehlen noch, aber sonst …« Willms schaute seinen Kollegen, mit dem er schon seit Jahrzehnten zusammenarbeitete, fragend an. »Ich glaube kaum, dass wir von allen männlichen Karlsruhern Speichelproben analysieren können. Das wären ja über 100.000 und überhaupt, ›er‹ ist ja inzwischen weitergezogen.«

Lindt kaute auf seinem Pfeifenmundstück herum: »Hardtwald, Schwarzwald, reicht ihm das? Ich glaube nicht, dass er so einfach aufhört. Wohin treibt es ihn jetzt? Wieder in einen Wald?«

»Alle Taten geschahen irgendwo im Wald, damit hast du natürlich recht. Vielleicht hat er eine besondere Beziehung zu Wäldern? Oder er sucht dort nur den Schutz, um unerkannt abzutauchen?«

»Das Puzzle hat einfach noch viel zu viele Lücken, aber sollen wir abwarten, bis er ein fünftes Mal zuschlägt, vielleicht wieder hier, direkt vor unserer Nase.«

Ludwig Willms schüttelte den Kopf: »Das darf nicht passieren, keinesfalls.«

Bei den SoKo-Konferenzen hatten sie sich schon die Köpfe heißgeredet, aber ohne Ergebnis.

»Die Art, wie er vorgeht – was will er damit ausdrücken? Wahrscheinlich kannte er seine Opfer nicht, das können wir ziemlich sicher annehmen. Er bringt sie schnell und ohne große Grausamkeit um, schleppt sie ins Gebüsch und fertig. Was gibt ihm das?«

»Vielleicht braucht er den Kick, Oskar, das Gefühl, über Leben und Tod zu bestimmen, mächtig zu sein, allmächtig.«

»Dann könnte es jemand sein, der in seinem Alltag schon viel einstecken musste. Beruflich hat er nichts zu melden, möglicherweise mobben ihn sein Chef oder die Kollegen, privat hält ihn die Frau ziemlich kurz. Denkst du in diese Richtung?«

»So einer ist bestimmt nicht verheiratet, das kann ich mir echt nicht vorstellen. Der hat sicherlich keine feste Partnerin, nein, ausgeschlossen«, überlegte Willms.

»Beziehungsangst, hm, ja. Kann auch sein, dass er mehrfach gescheitert ist. Privat wie beruflich hat er nichts mehr zu verlieren und jetzt will er es allen zeigen. Dafür spricht auch die Aktion mit dem Zettel im Briefkasten des Zeitungsredakteurs. Er will, dass sein Tun bekannt wird, dass man über ihn spricht.«

»Sich einen Namen machen«, sinnierte Willms, da könnte was dran sein. »Vielleicht stellt er sich auch, schreibt im Knast oder in der Psychiatrie seine Memoiren und verkauft sie meistbietend an die Boulevardpresse. Hat es alles schon gegeben. Ich kann mir gerade die Titelzeile vorstellen: »›Der Waldstadt-Würger‹, ›Die ganze Wahrheit über die Hardtwald-Bestie, eine erschütternde Geschichte in sieben Fortsetzungen – lesen Sie morgen mehr!‹«

Lindt sprang auf, plötzlich funkelten seine Augen: »Mensch Ludwig, das könnte ein Weg sein! Die Medien auf ihn ansetzen.«

»Wie soll das denn gehen? Bitte melden Sie sich, wir möchten ein Interview mit Ihnen machen? Völlig utopisch oder denkst du, er schwingt sich auf sein Rad, stürmt in die Redaktion der BNN, legt seine Drahtschlinge auf den Tisch und sagt: »›Ich bins, Sie wollten mich sprechen?‹ Nein, so bestimmt nicht.«

»Nicht direkt, aber so ähnlich. Wir locken ihn aus der Reserve, lass dich überraschen.« Er hatte bereits die Türklinke in der Hand. »Ich muss dringend mal …«, und nicht der Mörder, sondern der Kommissar fuhr los. Nicht mit dem Rad, sondern mit seinem großen dunkelroten Citroën steuerte er die Linkenheimer Landstraße 133 an und platzte dort in die Lokalredaktion der ›Badischen Neuesten Nachrichten‹.

Schon am darauffolgenden Spätnachmittag unterbrachen die regionalen Radiosender ihre Programme für eine Sensationsmeldung: »Vierfachmörder wendet sich an die Zeitung.«

Mehrere Reporter berichteten live aus der BNN-Redaktion. »Ein Anruf, anonym natürlich, die Nummer wurde nicht angezeigt«, keuchte der Lokalchef in die Mikrofone. »Er nannte keinen Namen, sagte bloß: ›Ihr Büro in der Lammstraße – haben Sie den grauen Umschlag schon geöffnet?‹, ja, eindeutig eine Männerstimme, Straßenbahngeräusche und mehrere Stimmen im Hintergrund. Das war alles, aufgelegt. Ich hab sofort bei unserer Geschäftsstelle drin in der Stadt angerufen, die sind gleich zum Posteinwurf und tatsächlich, das hier lag drin.«

Er schwenkte einen A 4-Umschlag in hellem Grau, leicht zerknittert. ›Lokalredaktion‹ stand mit breitem Filzstift darauf geschrieben, nur das eine Wort, sonst nichts.

Der Journalist hob einen Stapel weißer Blätter vom Schreibtisch: »14 Seiten, eng beschrieben, aus einem Computerdrucker. Die Überschrift kann ich schon verraten: ›Mord als Sport – der Polizei immer eine Nasenlänge voraus.‹«

Das laut dröhnende Lachen aus dem Redaktionsraum ging in Echtzeit über alle Sender.

»Weiteres können Sie ab morgen in unserer Zeitung lesen«, fuhr der Journalist fort. »Wir werden die Auflage deutlich erhöhen.«

»Was sagt die Polizei dazu?«, wollte ein schmaler Reporter mit Gelfrisur und schreiend buntem Hawaiihemd wissen.

»Fragen Sie den Leiter der Sonderkommission am besten selbst.« Der Zeitungsmacher wich etwas zur Seite, damit Oskar Lindt, der mit am Tisch saß, seinen Stuhl vor die Mikrofone rücken konnte.

»Unsere Spezialisten prüfen im Moment die Echtheit und werten den Inhalt aus.« Er zeigte auf den Blätterstapel. »Das dort sind nur Kopien, wir haben die Originale selbstverständlich beschlagnahmt, um sie eingehend zu untersuchen.«

»Sie prüfen doch schon viel zu lange! Die Bevölkerung erwartet, dass Sie zuschlagen und diesen Kerl endlich einlochen«, schleuderte ein Radiojournalist dem altgedienten Kommissar entgegen.

»Wir tun wirklich unser Möglichstes …«

Lindt wurde wieder unterbrochen: »Wissen Sie wenigstens, woher dieser Anruf kam?«

Jan Sternberg reichte seinem Chef einen Zettel. »Das haben unsere Techniker gerade festgestellt. Ein öffentliches Telefon, nicht weit von der Lammstraße, nur ein paar Meter, direkt um die Ecke.«

»Gibt es da keine Überwachungskameras?«

»Wir sind dran, bitte glauben Sie mir, alle Mitarbeiter der Sonderkommission geben ihr Bestes.«

»Ha! Das war aber bisher noch nicht viel«, höhnte der Reporter im Hawaiihemd.

»Steht was drin, warum bisher nur Männer umgebracht wurden?«, wollte eine Badenradio-Mitarbeiterin in Flip-Flops und geblümtem kurzem Sommerkleid wissen.

Lindt holte Luft, doch der Zeitungsredakteur kam ihm zuvor: »Ab morgen finden Sie alles in unserer Zeitung, in den ›Badischen Neuesten Nachrichten‹.«

»Lässt die Polizei das so einfach zu?«

Der Kommissar fuhr sich mit seinem Taschentuch über die Stirn: »Pressefreiheit! Die Staatsanwaltschaft sieht keine Möglichkeit, eine Veröffentlichung zu verhindern.«

»Und wie wir deutlich sehen können, kommt die Polizei dabei ganz gehörig ins Schwitzen«, kommentierte der grellbunte Journalist abschließend.

Die Radiomeldungen trafen ihn wie ein Donnerschlag. Morgen sollte der erste Schultag sein und es grauste ihm bereits wieder, von einer Horde pubertierender Neuntklässler zum Narren gehalten und veräppelt zu werden.

So hatte er sich pädagogische Arbeit nicht vorgestellt. Er sehnte sich danach, von seinen Schülern anerkannt zu werden. Sie sollten ihn achten, sein Wissen bewundern und zu ihm aufschauen. Eingetroffen war aber das genaue Gegenteil und mit jedem Schuljahr trieben sie es schlimmer.

Es gab Lehrer, die ihre Klassen anscheinend fest im Griff hatten, aber als er einmal versuchte, mit einer älteren Kollegin über seine Probleme zu sprechen, bekam er nur ein paar kurze Worte von wegen ›natürliche Autorität – das kommt von innen – der eine hats, der andere eben nicht‹ zu hören. Seit diesem Gespräch verstärkte sich sein Gefühl, dass auch im Lehrerzimmer mehr oder weniger offen über ihn getuschelt wurde.

Jetzt auch noch das! Ein Trittbrettfahrer, der sich mit seinen Taten schmücken wollte, seine Meisterwerke für sich reklamierte und damit prahlte. Wie ein Tiger im Käfig ging er in seiner engen Dachwohnung auf und ab.

Ungeheuerlich, was da geschah – und diese Zeitungsfritzen machten auch noch mit, stürzten sich darauf, aus purer Sensationslust. Er hielt schon den Telefonhörer in der Hand, doch schnell legte er wieder auf. Nein, mit einem Anruf konnte er nicht richtigstellen, dass er der wahre, der echte, der einzige …

Er stutzte, horchte, drehte lauter, schon wieder eine Meldung im Radio, diesmal ein Kommentar. »Warum versagt unsere Polizei?« Ein Journalist mit durchdringend blecherner Stimme kommentierte die improvisierte Pressekonferenz in der BNN-Redaktion.

Er sparte nicht mit beißendem Spott: »Der schwergewichtige Leiter der Sonderkommission ›Waldstadt‹

schien sehr unter der Sommerhitze zu leiden. Vielleicht war es auch der Angstschweiß, den er immer wieder von seiner Stirn wischen musste. Der Auftritt von Hauptkommissar Lindt war die Bankrotterklärung der Karlsruher Polizeiarbeit, der Offenbarungseid seines angeblichen kriminalistischen Spürsinns, das Eingeständnis des totalen Versagens! Monatelange Ermittlungen ohne jeglichen Erfolg – wie lange soll das noch so weitergehen? Ein Vierfachmörder zeigt den Ermittlern ganz öffentlich eine lange Nase. Wann zieht die Polizeipräsidentin endlich personelle Konsequenzen?«

Er konnte mitfühlen, mitleiden. Da war einer, dem es auch nicht besser ging als ihm bei seinen Schülern.

Ein Wahnsinnsgedanke ging ihm durch den Kopf. Er könnte einfach zwei Treppen nach unten gehen, klingeln und alles gestehen. In diese verhasste Schule, vor der er nun sechs Wochen lang das Weite gesucht hatte, müsste er dann auch nicht mehr, nie mehr.

Schnell fegte er diese Überlegung aber wieder beiseite. Er würde sich einfach krankmelden, morgen früh, dann blieben ihm die üblen Schulstunden vorerst auch erspart. Dass er mit dem Tod seiner Mutter nicht klarkam, müsste jeden Arzt überzeugen. Vielleicht wäre er sogar dauerhaft dienstunfähig. Diese Aussicht schien ihm zuerst verlockend, aber was dann?

Sein Blick ging zum Schreibtisch. Sein Werkzeug hing wieder über der Lampe, so, dass er es immer im Blick hatte. Vier lackierte Ringe an den Hölzchen leuchteten ihm glänzend entgegen. Drei fehlten noch, um sein Werk zu vollenden.

Insgeheim wunderte er sich, dass er mit dem Kommissar gerade eben noch Mitleid gehabt hatte. Der würde für ihn bestimmt kein Mitgefühl aufbringen, nein, ausgeschlossen. Seine ganze Arbeit bestand im Moment darin, ihn, der schon vier Mal die Schlinge zugezogen hatte, endlich zur Strecke zu bringen.

Doch er war noch lange nicht fertig.

9

Die Zeitungsverkäufer in Karlsruhe konnten sich nicht erinnern, jemals in so kurzer Zeit so viele Exemplare der BNN verkauft zu haben. Vor den Kiosken bildeten sich lange Schlangen. An Haltestellen und in Straßenbahnen, später auf Büroschreibtischen und Werkbänken, neben Kaffeetassen, Honigbrötchen und in städtischen Grünanlagen, überall wurden die Blätter entfaltet. Alle lasen die erste Lokalseite. Ein Bild des altehrwürdigen Polizeipräsidiums nahm breiten Raum ein, darunter ein Foto der schnurgeraden Stutenseer Allee.

»Der hat sich ganz schön ins Zeug gelegt«, kommentierte Jan Sternberg den Text.

»Echt findig, dieser Redakteur«, lobte auch Paul Wellmann. »Wenn man bedenkt, was der aus unseren spärlichen Infos gemacht hat.«

Auch Oskar Lindt war zufrieden. »Der Chefredakteur brauchte nicht lange zu überlegen: ›Das macht der Waldemar‹. Ist wohl sein Mann für alle Fälle.«

Seit zwei Jahren gehörte der junge Journalist zum Redaktionsteam und hatte dabei schon öfter den richtigen Riecher für Skandälchen, Enthüllungen und aufsehenerregende Reportagen bewiesen.

»Waldemar Kraus, der Ghostwriter des Waldstadt-Würgers«, wurde er vom Chefredakteur vorgestellt. »Er weiß zwar noch nicht, worum es geht, aber …«

Kraus schien schnell von Begriff und ergänzte gleich: »... er ist zu allen Schandtaten bereit.«

Die Neun-Uhr-Konferenz war von gespannter Erwartung gezeichnet. Bis in den späten Abend hatten alle Radiostationen Baden-Württembergs mehrfach über das Bekennerschreiben des ›Waldstadt-Würgers‹ berichtet. Das Südwestfernsehen brachte den Beitrag drei Mal in den Landesnachrichten, mehrere Privatsender stürzten sich auf die Neuigkeit und verbreiteten sie in reißerischem Stil.

»Er muss reagieren«, war sich Oskar Lindt absolut sicher. »Selbst, wenn er momentan nicht mehr hier in Karlsruhe ist, wird er kommen. Wenigstens, um die BNN zu lesen.«

Die SoKo-Konferenz war um mehrere Führungskräfte der Bereitschaftspolizei aufgestockt worden und bis zur Mittagszeit füllten sich Flip-Charts und Stellwände mit umfangreichen Einsatzplänen. Besonders im Hardtwald, in der Waldstadt und Neureut, aber auch in sämtlichen angrenzenden Stadtbereichen sollten in den kommenden Tagen mehrere 100 zusätzliche Polizeibeamte unterwegs sein.

»Ich will kein Blaulicht sehen, nirgends!« Lindt setzte voll auf verdeckte Ermittlung. »Jogger, Radfahrer, Hundebesitzer. Wir werden den Wald mit zivilen Einsatzkräften überschwemmen. Was einen Motor hat, bewegt sich ausnahmslos auf öffentlichen Straßen, aber bitte so unauffällig wie nur irgend möglich.«

»Und wenn der schlimmste Fall eintritt?« Paul Wellmann teilte den Optimismus seines Kollegen nicht so ganz.

»Ich kann mir schon denken, was du meinst.«

»Genau! Was ist, wenn er so nervös wird, dass er keinen anderen Weg sieht, als die Schlinge ein fünftes Mal zuzuziehen, um uns und der Öffentlichkeit zu beweisen, wer der wirkliche Täter ist.«

Lindt schwieg, alle schauten sich betroffen an.

»Können wir das verantworten?«

»Wir müssen ohnehin damit rechnen, dass er weitermacht«, versuchte Psychologe Eschenberg das Vorgehen zu rechtfertigen. »Ich denke, es gibt gar keine andere Wahl, als endlich selbst aktiv zu werden. Oder wollen wir hier sitzen, Däumchen drehen und auf den nächsten Leichenfund warten?«

Auch Jan Sternberg war auf Lindts Seite: »Ein Restrisiko bleibt immer, wie bei jedem Einsatz. Eine hundertprozentige Sicherheit, dass wir ihn mit dieser Aktion schnappen, gibt es nicht, aber der Überraschungseffekt arbeitet für uns. Besser agieren, als immer nur zu reagieren.«

Auch ein anderer wollte zuschlagen. Er verzichtete auf die Krankmeldung. Stattdessen quälte und stählte er sich nach Ende des Unterrichts volle zwei Stunden im Kraftraum der Schule. Der erste Tag nach den Ferien war noch halbwegs auszuhalten gewesen, aber was er am frühen Morgen in der Zeitung über sich gelesen hatte, konnte er nicht aushalten – absolut unerträglich.

In blinder Wut drosch er auf den Sandsack ein, bis seine Fäuste schmerzten. Danach zog, drückte und stemmte er an den Kraftmaschinen, bis er wirklich nicht mehr konnte.

Das durfte er nicht auf sich sitzen lassen. Ausgeschlossen! Wer sich auch immer mit seinen Federn schmücken wollte, dem würde er es zeigen. So nicht!

Außerdem war die Zeitungsseite voller Fehler. Für die Presse natürlich eine tolle Story und auch gut aufgearbeitet, aber insgesamt furchtbar primitiv. So würde vielleicht ein mehrfach vorbestrafter arbeitsloser Kleinkrimineller schreiben, aber doch nicht er. Auch, dass er sein erstes Opfer in der Stutenseer Allee angeblich zuerst mit einer Eisenstange niedergeschlagen und dann erdrosselt hätte, war reine Erfindung, alles gelogen. Niemals hatte er an ein derart einfallsloses Vorgehen gedacht. Genauso einfältig die Begründung: »Ich hatte mächtig Zoff mit meiner Freundin, sie hat mit mir Schluss gemacht, mich dabei verspottet und erniedrigt. Voller Zorn bin ich dann losgezogen und habe mir irgendein Opfer gesucht.«

Pah, Freundin! Er war schon seit fünf Jahren mit keinem Mädchen mehr zusammen gewesen. Er wollte keine weitere Enttäuschung mehr erleben.

Schweißgebadet ging er zum Waschraum. Mehr als 20 Minuten stand er unter der Dusche und genoss das hinunterfließende Wasser. Allmählich beruhigte er sich wieder und kühlte ab, dann schwang er sich auf sein Rad, um quer durch den Hardtwald von Neureut nach Hause in die Waldstadt zu fahren.

Er wählte den Weg über die Rintheimer Querallee. Erschöpft und nachdenklich trat er nicht so kräftig in die Pedale wie sonst. Er musste handeln, schnell, am besten sofort – oder nein, nicht wieder etwas Unüberlegtes, besser heute Nacht! Vielleicht hier?

Er stieg ab und schaute die Allee entlang. Schön gerade war sie, er hatte beste Übersicht, ringsum auch dicht belaubtes Unterholz. Warum nicht so wie beim ersten Mal? Das hatte doch prima funktioniert. Aus der Dunkelheit auftauchen, vom Rad stoßen, Schlinge über den Kopf, zuziehen und ab ins Dickicht. Genau so würde er es machen. Anspruchsvollere Werke konnten noch warten. Denen würde er es zeigen!

Als er durch das Treppenhaus nach unten ging, blieb er vor der Wohnungstür im ersten Stock kurz stehen und lauschte. Er hörte gedämpfte Geräusche, Geklapper von Tellern und Töpfen, ab und zu ein paar Gesprächsfetzen. Die Stimmen konnte er unterscheiden. Dunkler und leicht kurzatmig der voluminöse Kommissar, heller und schneller seine Frau, mit der er sich hier schon öfter ganz nett unterhalten hatte.

Leider verstand er nichts, nebenbei lief anscheinend auch noch der Fernseher. Schnell ging er weiter nach unten, nicht dass sein Lauschen noch durch einen der Türspione beobachtet würde.

Es war neun Uhr abends, Anfang September und wurde bereits ein klein wenig dämmerig. Gerade rechtzeitig, dachte er und bestieg sein Bike. Er trug ein leuchtgrünes T-Shirt, Hose und Sportschuhe waren schwarz. Mit zwei Klettlaschen befestigte er eine mittelgroße Lenkertasche und steuerte den Hardtwald an. Nachdem er die Theodor-Heuss-Allee überquert hatte, tauchte er in das weiche Abendlicht des Waldes ein. Auf der Friedrichstaler Allee stieg er kurz ab, um zu überlegen, welchen Weg er nehmen wollte. Gleich nach links, bis zur

Querallee und dann wieder nach rechts? Nein, er entschied sich dafür, den ausgewählten Platz über ein paar schmale Nebenwege zu erreichen.

Erst mal einige 100 Meter nach Norden. Das Licht schwand zusehends. Weiter vorne registrierte er drei Radler, die sich miteinander unterhielten. Er fuhr nicht übermäßig schnell, eher im gemächlichen Tempo des Kommissars. Ja, im Juni, da hatte er ihn doch einmal hier im Wald getroffen.

In seinem Kopf arbeitete es allerdings auf Hochtouren. Wer war das wohl? Was brachte es ihm? Wieso kam einer auf eine solche Idee? Stand darauf eine Strafe? Irreführung der Behörden? Vorspiegelung falscher Tatsachen? Vielleicht war die Zeitung ja auch selbst schuld, wenn sie auf eine derart plumpe Fälschung hereinfiel. Schon diese einfache Sprache! Das hätte doch einer merken müssen!

Womöglich wollte der damit noch berühmt werden! Genau, so wie damals bei den Hitler-Tagebüchern. Nein, niemals – der Ruhm gehörte alleine ihm, keinem anderen.

Wütend trat er stärker in die Pedale. Die drei Radfahrer standen immer noch am selben Platz. Einer schien etwas in der Satteltasche des anderen zu suchen. Jetzt hob der die Arme über den Kopf. Der andere fasste ihn an, tatschte an ihm herum. Was sollte das bedeut …?

»Verdammt!« Panisch machte er eine Vollbremsung, sein Hinterrad quietschte, er riss den Lenker herum und erwischte gerade noch den schmalen Fußweg, der nach links abging. Ein rot-weißes Band! Er fuhr durch, riss es dabei ab, kam noch 20 Meter weit, dann war der Weg versperrt. Eine dünne Kiefer lag quer. Er sprang vom Sattel, schnappte sein Rad, hievte es hinüber. Ein schneller Blick zurück – nichts! Niemand zu sehen. Vielleicht hatte er Glück und seine abrupte Wendung war unbemerkt geblieben – hoffentlich.

Polizei, zivil, die hatten jemanden abgetastet, das konnte nur Polizei sein, ganz klar. Er riss die Augen auf – die suchten ihn! Waren speziell auf ihn angesetzt. Ob noch mehr unterwegs waren?

Panik packte ihn, legte sich wie ein eiserner Ring um seine Brust. Sie waren hinter ihm her, jagten ihn, wollten ihn schnappen.

Er hastete weiter. Ein paar Meter fuhr er, dann musste er das Bike wieder über eines der gefällten Stämmchen tragen. 20 dieser Hürden überwand er, dann blieb er stehen, sah zurück. Nichts, keiner folgte. Dennoch saß ihm die Angst wie ein Kloß im Hals. Er fühlte seinen Puls am Hinterkopf pochen. Das Herz raste. Weiter! Das nächste Stück war frei. Hier hatten die Holzfäller noch nicht gearbeitet.

Stopp! Er zwang sich zum Anhalten. Vorne quer wieder ein Warnband. Er erkannte es trotz der zunehmenden Dunkelheit. Dort war der nächste breite Weg. Er sah zwei Lichtpunkte vorüberhuschen. Fahrradlampen, zu zweit nebeneinander, schon wieder eine Streife?

Sicherlich hielten sie alle Verdächtigen an. Die Männer natürlich. Ratsch-ratsch, löste er die Klettbänder seiner Lenkertasche. Handschuhe, Kapuzenshirt, Sturmhaube, das durfte man keinesfalls bei ihm finden. Ein paar Meter ging er seitlich in den Wald, brach einige Zweige ab, bedeckte die Tasche sorgsam damit. Er war sich sicher, die Stelle bei Tageslicht wiederzufinden.

Seine Rechte fuhr zur Beintasche am Oberschenkel. Als runder Kreis zeichnete sich das Metall unter dem Stoff ab. Nein, sein geliebtes Werkzeug konnte er nicht hier zurücklassen, keinesfalls, niemals!

Plötzlich Hundegebell. Er horchte. Es kam von hinten, aus der Richtung, die er gekommen war. Wollten die einen Hund auf ihn hetzen? War der auf seiner Fährte? Das Pfefferspray? Zu Hause vergessen – ein unverzeihlicher Fehler. Er lauschte wieder. Jetzt hörte er nichts mehr.

Er musste die Garotte auch hier lassen, das Risiko war einfach zu groß. Er nahm sie aus der Hosentasche und fühlte – Metall, Holz, Lack.

Ein Griff ins Laub, die Tasche wieder hervorgezogen, die Schlinge hineingesteckt und die Zweige noch mal darüber geworfen. Morgen früh auf dem Weg zur Schule, überlegte er, dann hole ich alles wieder ab. Vor sieben, da arbeitet hier noch keiner.

Er ging zurück, stellte sein Bike auf und wollte aufsitzen. Nein, lieber die paar Meter noch schieben. Vor dem rot-weißen Band blieb er stehen. Er schaute nach links, nach rechts, nein, keiner zu sehen, der Verdacht schöpfen könnte.

Er hob das Rad über die Absperrung, stieg auf, schaltete das Licht ein und fuhr wieder Richtung Waldstadt. Erst aufrecht, vorsichtig, langsam, dann beugte er sich immer tiefer, trat fester, schneller. Jetzt konnte ihm niemand mehr was anhängen. Nichts Verdächtiges, nur noch ein Freizeitsportler auf seiner abendlichen Trainingstour.

Fünf Minuten später hielt er an der Theodor-Heuss-Allee, überquerte sie und fuhr auf dem Radweg weiter. Er atmete auf. Geschafft! Langsam wurde er wieder ruhiger.

Gemächlich radelte er bis nach Hause, stellte das Bike in den Keller und stieg die Treppen empor. Aufatmend streifte er sein nassgeschwitztes T-Shirt ab, nestelte die Reeboks auf und stellte sie ins Schuhregal. Immer noch war ihm heiß, viel zu heiß. Er zog auch die Socken aus, schlüpfte aus der Hose und behielt nur seine Boxershorts an.

Akkurat, wie er es schon immer gewohnt war, hing er die schwarze Jack-Wolfskin über den Stuhl neben seinem Bett. Er stutzte, griff wieder nach der Hose, zur Gesäßtasche – und erschrak. Nichts, da war nichts. Seine Geldbörse fehlte. Immer trug er sie in der rechten Gesäßtasche, niemals woanders. Jetzt war sie weg!

Schlagartig war die Panik wieder da. Geld, Scheckkarte und vor allem der Ausweis – alles verloren, unterwegs bei seiner hektischen Flucht!

»Mist, Mist, Mist!«, schimpfte er mit sich selbst. Er fing an, herumzulaufen, öffnete ein Fenster, sah hinaus, schloss es wieder, ging fünf Mal im Kreis, warf sich endlich aufs Bett.

War ihm die Börse herausgerutscht, als er die Tasche versteckt hatte? Möglich, vielleicht. Nicht auszudenken, wenn jemand …! Die Angst schnürte ihm fast die Luft ab. Alles drin in der Tasche: Maske, Handschuhe, Shirt, vor allem die Garotte – direkt daneben der Ausweis, quasi als Visitenkarte. Furchtbar!

Er sprang wieder auf. Was konnte er machen? Nichts, absolut nichts! Nur hoffen. Hoffen und morgen früh bei der Suche Glück haben. Wieder riss er das Fenster auf. Luft, er brauchte frische Luft, frisch und kühl, wie daheim im Schwarzwald. Aber es strömte nur lau herein.

Jetzt noch mal wegfahren? Mit der Taschenlampe suchen? Nein, das wäre ja hochgradig verdächtig. Er war verdammt zum Nichtstun, Nichtstun und Warten.

Elender Versager, ging ihm durch den Kopf. Du bist nicht der Tolle, der Unerreichbare, der Geniale, für den du dich hältst. Vier Mal hattest du einfach nur Glück und jetzt machst du solche dummen Fehler!

Er schlug sich an die Stirn. War dieser Zeitungsartikel etwa eine Finte? Alles manipuliert? Gelogen, erfunden von dem dicken Kommissar da unten? Um ihn zu provozieren, aus der Reserve zu locken? Deshalb auch die Polizei im Wald! Eine Falle! *Ihn* wollten sie fangen! *Er* sollte in der Schlinge zappeln!

Unglaublich, und er war darauf hereingefallen. So blöd! Er warf sich wieder auf sein Bett. Wälzte sich herum, voller Unruhe. Dennoch musste er die Tasche holen und seinen Geldbeutel suchen. Morgen, ganz früh. Bei den vielen Radfahrern, die zur Arbeit unterwegs waren, würde die Polizei bestimmt keine Kontrollen machen. Hoffentlich nicht!

Endlich schlief er ein, doch schon eine Stunde später wachte er schweißgebadet wieder auf. Ging zum Kühlschrank, trank etwas Orangensaft, legte sich wieder hin.

Um zwei Uhr dasselbe. Dann schlief er durch bis um halb fünf. Er schaute fern, wusste aber bald nicht mehr, was er noch wenige Minuten zuvor gesehen hatte, duschte um halb sechs, zog kurz nach halb sieben die Tür hinter sich zu und ging die Treppe hinunter.

Plötzlich blieb er wie angewurzelt stehen. Eine ihm wohlbekannte, rundliche Gestalt kam von unten hoch. In der einen Hand eine Bäckertüte, in der anderen …

Das Herz rutschte ihm in die Hose. Er wusste, jetzt war alles verloren, aus und vorbei. In der anderen Hand hielt Oskar Lindt eine schwarze lederne Geldbörse. Ein Loch schien sich unter seinen Füßen aufzutun. Sollte er weglaufen? Nach oben? Da gab es kein Entkommen. Nach unten? Den Kommissar umrennen, wegstoßen? Er stand wie festgewachsen, konnte sich nicht bewegen.

Lindt schien seinen Nachbarn erst jetzt zu bemerken. »Hallo, schon munter?«

Warum tut der so harmlos? Gleich nimmt er mich fest. Er brachte kein Wort heraus.

»Das hier haben Sie sicher schon vermisst. Lag im Keller bei Ihrem Rad, neben meinem. Habs gerade gesehen, als ich Brötchenholen war.«

»Der war nicht gut drauf, unser Nachbar von ganz oben«, sagte Oskar kurz darauf zu Carla. »Kaum ein ›Danke‹ hat er über die Lippen gebracht. Aber wie der auch ausgesehen hat, verquollene Augen, richtig übernächtigt. Na ja, wenn ich da oben unterm Dach schlafen müsste, bei dieser Bullenhitze …«

Im Präsidium war es nicht weniger heiß. Verschiedene Bereitschaftspolizei-Führer trugen die Meldungen ihrer Mannschaften vor. Speziell einzelne Männer

waren kontrolliert und observiert worden. Leibesvisi-
tationen, Taschenkontrollen, eindringliche Fragen nach
dem Woher und Wohin – bis zur Personalienfeststel-
lung reichten die durchgeführten Maßnahmen.

Festnahmen hatte es leider keine gegeben. Ein paar
Partypillen und zwei Rauschgift-Briefchen, die man
Junkies abgenommen hatte. Wirklich eine spärliche
Ausbeute.

»Manche taten ganz schön genervt, andere ließen die
Prozeduren ohne Kommentar über sich ergehen. Fünf
Mal wurden unsere Männer sogar gezielt gefragt, ob die
Kontrollen mit den Morden in Zusammenhang stün-
den.«

»Allerdings«, fuhr ein anderer BePo-Beamter fort,
»völlig unbemerkt blieb die Aktion natürlich nicht.
Unsere Präsenz hat sich ganz sicher schon herumge-
sprochen. Mit jeder Nacht, in der wir unterwegs sind,
steigt das Risiko, dass auch der Mörder davon Wind
bekommt.«

Oskar Lindt verstand. »Zwei Mal noch, bitte. Vielleicht haben wir das Problem dann gelöst.«

Im Gegensatz zu Hauptkommissar Lindt war ein junger
Lehrer an diesem Morgen erfolgreicher beim Problem-
lösen. Nachdem er sich von seinem Treppenhaus-Erleb-
nis wieder beruhigt hatte, steuerte er das Mountainbike
direkt zu der Stelle, wo er sich am vorherigen Abend
seines verdächtigen Gepäcks entledigt hatte. Er fand auf
Anhieb den richtigen Fußweg, überwand das Sperrband,
fuhr noch 100 Meter und zog die Fahrradtasche unbe-
schädigt aus ihrem Versteck hervor. Ein schneller Blick

hinein, alles noch da, vor allem die Drahtschlinge, an der sein Herz so hing. Eilig verließ er das abgesperrte Gebiet und radelte in Richtung seiner Schule.

Er war kurz vor der Grabener Allee, da hörte er plötzlich Motorengeräusch. Ein grauer Kleinbus bog ein und fuhr sehr zügig in seine Richtung. Zum zweiten Mal an diesem Morgen bekam er Panik – keine Chance, die Tasche noch abzuwerfen. Er fuhr zur Seite, doch der Weg war so schmal, dass er absteigen musste. Der Bus wurde langsamer, mehrere Männer konnte er erkennen. Er schnappte nach Luft. Sicherlich würden sie gleich herausspringen und ihn kontrollieren. Jetzt waren sie auf gleicher Höhe – hielten aber nicht an.

Sein Blick fiel auf den Schriftzug an der Fahrertür. ›Forst ...‹ ließ sich im Vorbeifahren entziffern. Er atmete auf und sah dem Wagen nach – bestimmt die Waldarbeiter. Gerade noch rechtzeitig hatte er die Tasche geborgen.

Sorgfältig schloss er sie im Lehrerzimmer in seinen Schrank.

»Glatter Reinfall, Lindt«, herrschte ihn die bissige Oberstaatsanwältin Lea Frey an. Nachdem die Bereitschaftspolizisten in drei Nächten lediglich ein paar Kleinkriminelle zur Strecke gebracht hatten und die BNN nach vier Ausgaben der Fortsetzungsstory den Platz auf der ersten Lokalseite dringend für einen Korruptionsskandal im Straßenbauamt brauchten, mussten die Ermittler sich den Fehlschlag ihrer Aktion eingestehen.

»Soll ich Ihnen mal vorrechnen, was das alles gekostet hat?«, giftete die Juristin. »Ich habe von Anfang an nichts von dieser Schnapsidee gehalten, gar nichts, überhaupt nichts! Wenn durchsickert, dass die ganze Geschichte nur erfunden war, sind wir geliefert. Die Medien werden uns in der Luft zerreißen.«

Der SoKo-Chef zuckte nur müde die Schultern. »Vielleicht haben wir ja ein weiteres Verbrechen verhindert.«

»Auf der Schwäbischen Alb werden noch Polizisten für den Streifendienst gesucht«, drohte sie und verließ wutschnaubend das Kommissariat.

Lindt wartete, bis der Knall der zuschlagenden Tür verklungen war, zündete in aller Ruhe seine Pfeife wieder an und verkündete: »Er wird weitermachen, ganz sicher. Er muss einfach, davon bin ich fest überzeugt.«

»Und wir müssen es verhindern, Oskar. Aber wie?« Paul Wellmann war genauso ratlos wie sein Kollege.

»Einen Versuch war es jedenfalls wert, Chef«, meinte Jan Sternberg, wenngleich ihm im Innersten eigentlich High-Tech-Methoden vorschwebten. »Wie wäre es denn mit Nachtsichtbrillen?«

»Jan, wer soll die denn aufsetzen? Die BePo zieht ab, wir haben nur noch unsere SoKo-Mannschaft und weiteres Geld gibt es auch nicht mehr, das hast du doch gerade eben laut genug gehört.«

»Dann müssen wir also wieder auf unseren guten alten Kollegen Zufall hoffen? Vielleicht macht der Mörder einen Fehler, vielleicht stellt er sich auch selbst. Ach was, Chef, das glauben Sie doch auch nicht. Wir müssen selbst was tun und wenn wir keine Hundertschaften mehr bekommen, dann finden wir ihn halt alleine. Nur wir drei.«

»Und die anderen 50 der beiden SoKos«, holte Lindt seinen jungen Mitarbeiter wieder in die Realität zurück. »So wenige sind das eigentlich gar nicht, wir brauchen nur noch etwas Kreativität«, sinnierte er.

10

»Auf gehts, Ideen sammeln, Brainstorming, oder wie das heißt«, munterte Lindt bei der nächsten Besprechung seine Kollegen auf.

Das unerträgliche Sommerwetter hatte in der zweiten Septemberwoche endlich einer mehrtägigen kühlen Regenfront weichen müssen. Jetzt schien zwar wieder die Sonne, aber mehr als 20 Grad gab es selbst in Karlsruhe nicht.

Der Kommissar fühlte sich nach den quälend langen Hitzewochen erstmals so richtig wohl. »Endlich sind meine Synapsen nicht mehr permanent überhitzt«, tippte er sich an die Stirn. »Vielleicht fällt mir ja jetzt was Gescheites ein.«

»Wie wäre es denn«, schlug Claus Eschenberg vor, »wenn wir uns alle einen Tag Auszeit gönnen? Morgen tut jeder das, wozu er am meisten Lust hat.«

»Dienstlich befohlenes Faulenzen sozusagen«, grinste Jan Sternberg. »Meine Familie wird begeistert sein.«

»Eher Batterien aufladen«, korrigierte der Psychologe. »Abschalten, ausschlafen, es sich gut gehen lassen, kurz gesagt, mit neuer Kraft übermorgen wieder antreten.« Er sah Oskar Lindt fragend an.

»Das ist schon die erste gute Idee. Vorschlag angenommen! Überstunden haben wir ja genug – und dass mir keiner alleine im Hardtwald spazieren geht! Ich brauche euch alle wieder, jeden Einzelnen.«

Einer wusste nichts von Auszeit, von Abschalten oder Faulenzen. Ausschlafen konnte er schon gar nicht. Spätestens um halb fünf Uhr in der Frühe katapultierten ihn seine wirren Albträume aus dem Bett.

Er sah Hände von Radfahrern, die nach ihm griffen, fühlte sich belästigt. Eine gesichtslose Gestalt zog die Tasche vom Lenker seines Fahrrads, riss den Deckel auf und kreischte triumphierend: ›Aha, endlich!‹

Ein riesiger Kleinbus stürzte direkt vor ihm aus den Baumkronen, 14 Türen öffneten sich und unzählige Polizeisterne tanzten im Kreis um ihn herum.

Der schlimmste aller Träume aber begann oben in einem unheimlich hohen Treppenhaus. Er konnte sich nicht wehren. Etwas Unsichtbares zog ihn über das Geländer. Er fiel und fiel und fiel. Das Fallen nahm kein Ende, quälend lange dauerte es, aber dann – und erst daran wachte er auf – öffnete sich tief, ganz tief unten eine riesige schwarze Lederbörse, ein besonders dicker Geldbeutel. Er klappte auf, schnappte krokodilsgleich nach seinem Kopf und verschluckte ihn schließlich ganz, mit Haut und Haaren.

Schweißgebadet wachte er jedes Mal daran auf. Immer wieder dasselbe furchtbare Szenario. Weiterschlafen? Ausgeschlossen!

Die Schüler merkten genau, dass es ihrem Lehrer echt mies ging. Einige Jungs waren in Biologie noch halbwegs bei der Sache, doch die Mädchen zeigten ganz offensichtlich ihr Desinteresse, unterhielten sich ungeniert, lachten völlig respektlos, verließen sogar den Raum, um angeblich aufs Klo zu gehen, und antworteten auf seine Fragen erst gar nicht.

»Ihr Unterricht ist todlangweilig, echt ätzend!«, schleuderte ihm eines der Mädchen frech ins Gesicht und ein anderes drohte sogar mit ihrem Vater: »Der ist Anwalt – er meint, Sie sollten sich endlich mehr anstrengen, sonst wird er sich an die Schulbehörde wenden.«

Den anderen Lehrern blieb natürlich nicht verborgen, wie schlecht es ihrem Kollegen ging, aber keiner verlor ein Wort darüber. Er war auch mit niemandem näher bekannt, keinen konnte er um Rat fragen. Eine Pfarrerin, die nur einige Stunden in der Woche kam, um Religionsunterricht zu halten, fand er eigentlich ganz sympathisch, aber von der Kirche hatte früher schon sein Vater nichts wissen wollen und ihn entsprechend ferngehalten. Nein, er wusste wirklich nicht, mit wem er hätte reden können.

Von Tag zu Tag wurde es schlimmer. Es gelang ihm, sich mit Sport etwas abzureagieren, doch wenn er die Schule auch nur von Ferne sah, trat ihm der Angstschweiß auf die Stirn und sein Herz begann, wie wild zu klopfen. Einmal musste er den Unterricht sogar nach einer halben Stunde abbrechen und das Klassenzimmer fluchtartig verlassen. »Ich … ich muss noch was holen, bin gleich zurück«, hatte er gestammelt, doch die Neuntklässler johlten lauthals hinter ihm her.

Er suchte einen Arzt auf, der ihn gründlich untersuchte. »Körperlich fehlt Ihnen absolut nichts, Sie sind sogar in Topform. Ihre Beschwerden müssen eine andere Ursache haben.«

Mit der Überweisung zu einem Facharzt verließ er die Praxis, doch als er dort auf dem Türschild ›Neurologie – Psychiatrie‹ las, machte er auf dem Absatz kehrt. Auch seine Mutter war bei einem solchen Mediziner in Behandlung gewesen. Dauernd musste sie irgendwelche Behandlungen über sich ergehen lassen und die unterschiedlichsten Tabletten einnehmen, doch geholfen hatte das alles letztendlich auch nichts.

Eine Therapie? Niemals! Was, wenn er sich bei diesen Psychogesprächen versehentlich verplapperte? Ausgeschlossen, das konnte er auf keinen Fall riskieren.

Vielleicht war er ja wirklich ein Versager? Immer öfter erinnerte er sich an seinen Vater, der andauernd die Mutter verprügelte. Ihn, seinen einzigen Sohn, schlug er auch, meistens mit dem Hosengürtel. Schon beim geringsten Anlass gab es Dresche, so lange, bis er einmal den Gurt verkehrt herum zu fassen bekam. Die schwere Schnalle knallte voll ins Gesicht des Achtjährigen. Blut lief herunter und sein rechtes Auge tat höllisch weh.

In der Augenklinik versuchten sie ihr Möglichstes, doch ohne Erfolg. Zuerst bekam er eine schwarze Augenklappe, später eine Prothese. Für seine Schulkameraden und die Nachbarskinder wurde er nun erst recht zum willkommenen Opfer. Das Glasauge und die schräge Narbe, die ihn für immer zeichneten, waren ein stets willkommener Anlass zum Spott.

Wie sein Vater damals in der Klinik die Verletzung seines Kindes erklärt hatte, erfuhr er nie. Er bekam auch den Riemen nicht mehr zu spüren, aber die Verachtung, die er ihm schweigend entgegenbrachte, die spürte der Junge ganz genau. Selbst als er den Übergang aufs Gymnasium problemlos schaffte, reichte es nicht für ein gutes oder anerkennendes Wort. »Mal sehen, wie weit du kommst«, war alles, was ihm, dem Hauptschullehrer, entfuhr. Später ging es genauso weiter. Gute Noten beachtete der Vater kaum, doch wehe, eine Zensur war schlechter als zwei.

Es hagelte bissige Kommentare: »Aus dir wird nie was Rechtes«, »lange wird es wohl nicht mehr gehen, dann muss ich dich runternehmen«, »da ist doch Hopfen und Malz verloren«, brannten sich mit jedem Mal tiefer in die Seele des Jungen ein. Die Mutter tröstete ihn immer wieder, aber ihre Krankheit war übermächtig. Mehr als ein Streicheln über den Kopf war nicht drin. Auch später, als der Vater nicht mehr da war, änderte sich daran nichts. Dass er es dennoch bis zum Abitur schaffte und sogar studieren konnte, ließ ihn eine Zeitlang die schmerzlichen Erfahrungen verdrängen, doch jetzt zerrte ihn die Realität der Schule erneut nach ganz tief unten.

Als er nach einer Woche Krankschreibung wieder zum Unterricht kam, war alles noch viel schlimmer. Der Druck auf ihn wurde ständig stärker und ohne es richtig wahrhaben zu wollen, wusste er, dass es nur ein einziges Ventil gab, durch das er ihn wieder loswerden konnte. Er sehnte immer mehr nach dem wohlig warmen Kribbeln, nach dem Gefühl von Freiheit, über allem zu schweben, so hoch, dass ihn niemand mehr erreichen konnte. Er musste es bald wieder spüren, von Tag zu Tag wurde er sich sicherer.

Gleichzeitig aber zwang er sich zur Vorsicht. Solche

dilettantischen Fehler durften ihm keinesfalls mehr passieren. Vor allem musste er seine Gefühle in den Griff bekommen und sich vor allen Provokationen in Acht nehmen. Sorgfältige Planung war zukünftig das Allerwichtigste.

Einen Plan, wie er den angeordneten Erholungstag aller SoKo-Mitarbeiter verbringen wollte, hatte Kommissar Lindt noch nicht. Nach der Konferenz rief er erst mal bei Carla im Büro an. »Kannst du auch frei machen?«

»Das kommt schon sehr überraschend«, meinte sie, »aber ich werde mal sehen, ob mich morgen jemand vertreten kann.«

Für Paul Wellmann kam der freie Tag wie gerufen. Er wollte sich seinen Bienenvölkern widmen, Honig schleudern und ein paar Reparaturen am Bienenstand durchführen.

Jan Sternberg plante, nachmittags mit seinen beiden Söhnen angeln zu gehen, und auch Ludwig Willms überlegte mit einer Landkarte in der Hand, wie er den unverhofften Pausentag nutzen könnte.

»Ich bin mir sicher, du wirst wieder so eine sportliche Wahnsinnstat begehen«, frotzelte Oskar Lindt den Extremsportler. »Aber falls du aufs Fahrrad steigst, pass gut auf!«

»Hier schau mal, Oskar«, lächelte der hagere KTU-Chef. Er nahm einen Leuchtstift und markierte damit einen weiten Rundkurs durch die Hügel des Kraichgaus und des Strombergs. »Ideale Trainingsstrecke, so 180 Kilometer werden schon zusammenkommen, aber nur auf öffentlichen Straßen. Um schmale Waldwege mache ich einen großen Bogen. Ich hab schließlich keine Lust, selbst in der Schlinge zu zappeln.«

Carla bekam tatsächlich frei und beim gemütlichen Frühstück überlegte sie gemeinsam mit Oskar, wie sie den Tag verbringen könnten.

Ein langer Blick aus dem Fenster und ein noch längerer auf die Rundungen ihres Mannes, »Tolles Wetter, wir könnten uns doch mal etwas bewegen. Eine Wanderung zum Beispiel, oder was hältst du von einer Radtour?«

Oskar hatte eigentlich mehr an ein schattiges Plätzchen unter einem großen Baum gedacht, mit Picknickkorb und einem der vielen Bücher, die seit Langem ungelesen im Regal standen.

»Ludwig sitzt wahrscheinlich schon auf seinem schmalen Rennrad. Der wird heute 180 Kilometer runterreißen. Ich wollte mich eigentlich nicht so sehr anstrengen«, versuchte er die Aktivpläne seiner Frau abzumildern. »Außerdem fährst du doch jeden Tag mit dem Rad zur Arbeit. Reicht dir das nicht an Bewegung?«

»Immer die gleiche Strecke durch den Hardtwald ist doch langweilig. Ich dachte mehr an die Pfalz oder den Schwarzwald.«

»In die Berge? Mit dem Rad?«, Lindt war entsetzt. »Weißt du, wie viele Freizeitsportler der Sekundenherztod schon vom Sattel geworfen hat?«

»Ich wollte dich ja auch nicht überanstrengen.« Carla griff nach einer Wanderkarte und erklärte ihren Plan.

Eine knappe Stunde später luden die beiden am Karlsruher Marktplatz ihre Räder in die gelb-rote Stadtbahn ›S

41‹. ›Freudenstadt Hauptbahnhof‹ stand auf dem Kursschild.

Oskar hatte zwei Spanngummis eingesteckt, zurrte die Drahtesel an einer Haltestange fest und setzte sich daneben. Carla ließ er den Fensterplatz.

»Eigentlich«, meinte er, »hatte ich in der letzten Zeit ja genügend Schwarzwald. Wenn ich nur an das Gewitter auf dem Ruhestein denke und dann noch die Leiche – fürchterlicher Anblick. Aber wenn du meinst, dass es wirklich nur bergab geht ...«

»Die Tour de Murg wird uns bestimmt gefallen. Wir können jederzeit wieder in die Bahn steigen, ganz sicher«, besänftigte sie seine Bedenken.

»Und ein paar nette Gasthöfe gibt es da oben auch. Die kenne ich – bestimmt nicht weit vom Radweg.«

»Wir begrüßen Sie auf der Murgtalbahn«, kam kurz nach Rastatt aus den Lautsprechern der Stadtbahn, die jetzt zur Gebirgsbahn mutierte. Durch immer mehr Kurven, Tunnels und Brücken kämpfte sie sich bergauf, entlang der Murg nach Süden.

»Schau mal! Das sieht man vom Auto aus gar nicht so!« Carlas Begeisterung wuchs ständig. Atemberaubende Ausblicke auf den tief eingeschnittenen Fluss wechselten ab mit der Sicht auf dunkelgrüne Berghänge, aus denen einzelne Laubbäume mit beginnender Herbstfärbung herausleuchteten.

Neben den Lindts gab es in der Bahn noch genügend andere Karlsruher, deren Wanderkleidung zeigte, dass sie den Tag in den dichten Tannenwäldern des oberen Murgtales genießen wollten.

»Für Bergabtouren kann ich mich ja direkt begeistern«, rief Sportmuffel Oskar nach vorne zu Carla, als sie am Bahnhof von Baiersbronn ausgestiegen und einige Kilometer auf gepflegten Wegen ohne größere Kraftanstrengung talabwärts gerollt waren.

Ab und zu hielten sie an, beobachteten, wie die Forellen im Fluss sich der Strömung entgegenstellten und wie eine flinke Wasseramsel in das rasch fließende Wasser eintauchte, um einige Meter weiter mit gefülltem Schnabel wieder zum Vorschein zu kommen.

Kurz vor Schwarzenberg, immerhin waren sie schon über zehn Kilometer geradelt, meldete sich rein zufällig Oskars Magen. »Da vorne über die Brücke und dann rechts«, rief er von hinten und Carla antwortete: »Die Hotels hier hab ich schon vom Zug aus gesehen.«

Im ›Löwen‹ genehmigten sie sich ›Geschmortes Rehschäufele auf Wirsingrahm‹ und setzten ein gutes Stündchen später bestens gestärkt ihren Weg fort.

Besonders begeisterten sie sich für die riesigen rundgeschliffenen Flusssteine in der engen Murgschlucht bei Raumünzach. Nach dem langen heißen Sommer war Wasser auch hier im niederschlagsreichen Schwarzwald echte Mangelware. Zusätzlich wurde noch einiges zur Stromgewinnung entnommen und erst in Forbach wieder zugeführt.

Völlig problemlos konnten Carla und Oskar daher im Bachbett umhergehen und von einem Stein zum anderen balancieren. Hell leuchteten diese übergroßen Kiesel in der Sonne und luden ein, sich eine Weile zu entspannen. Carla fühlte die gespeicherte Wärme mit der Hand: »Komm, wir setzen uns Rücken an Rücken.«

Nach einer Weile machte sich die Härte des Steins bemerkbar, doch sie legten einfach ihre Jacken als Polster unter, genossen das beruhigende Gurgeln des Wassers und fühlten sich herrlich wohl.

Oskar konnte nicht anders, die gleichmäßigen Geräusche taten ein Übriges und seine Augenlider wurden immer schwerer. Carla spürte die tiefer werdenden Atemzüge an ihrem Rücken und bemerkte, dass sein Kopf sich mehr und mehr nach vorne neigte, doch sie blieb trotzdem ruhig sitzen. Erst der grelle Pfiff der gelb-roten Bahn, die gerade in einen der vielen Tunnel einfuhr, weckte ihn wieder.

»Ich war wohl ein wenig eingenickt«, brummte Oskar und rieb sich schläfrig die Augen. »Diese Tour de Murg ist genau die richtige Entspannung für gestresste Stadtmenschen.«

Das direkte Gegenteil, nämlich knallharte Anspannung, konnte man zu genau dieser Zeit in einer kleinen Karlsruher Stadtwohnung fast mit Händen greifen. Zur selben Zeit, als Carla und Oskar Lindt am Ende ihres Erholungstages die Fahrräder in Forbach wieder in die ›S 41‹ hievten, war ein sportlich durchtrainierter junger Mann in seinen zwei Dachgeschosszimmern schon fast eine Stunde im Kreis gelaufen. Er wusste nicht mehr ein noch aus, die Energie verbraucht, die Reserven erschöpft, seine Situation war völlig aussichtslos.

Er ballte die Fäuste, warf die Arme nach oben, ruderte wild durch die Luft und zentrierte seinen imaginären Gegnern einen Faustschlag nach dem andern.

Obwohl er nichts trug außer seinen Boxershorts und barfuß durch die Wohnung tobte, war er am ganzen Körper klatschnass geschwitzt. In dicken Perlen stand ihm das Wasser auf der Stirn, in kleinen Rinnsalen lief es über den Rücken und durchnässte den Bund seiner Hose.

Seinem Vater, dem hatten sie damals auch so was angehängt. Noch schlimmer der Vorwurf. Ob er tatsächlich schuldig gewesen war? Gewalttätig auf jeden Fall und als Unschuldiger hätte er sich doch nicht …

Sein Vater vielleicht, aber doch nicht er! »Unglaublich, unvorstellbar, nicht möglich, das gibt es nicht«, immer wieder schrie er seine kahlen Wände an und meinte das, was sich an diesem Vormittag in der Sporthalle des Neureuter Schulzentrums ereignet hatte.

Der junge Lehrer musste für eine erkrankte Kollegin einspringen und hatte nicht nur die Jungs, sondern auch die Mädchen der 9b im Sportunterricht. Bereits bei der zweiten Laufrunde des Aufwärmtrainings ließen sich mehrere Mädchen erschöpft zu Boden fallen. »Ich kann nicht mehr«, »Warum quälen Sie uns so?« Er versuchte, diese offensichtlichen Provokationen zu überhören. »Setzt euch solange auf die Bank.«

Danach entschied er sich für Geräteturnen. Vier Jungs holten Sprungbrett, Kasten und dicke Matten. »Also jetzt, Sprung über den Kasten.« Die Hälfte der Klasse war schon durch, da regten sich die Mädchen auf der Bank immer noch nicht. »Bitte, ihr seid dran.« Widerstrebend nahm die Erste Anlauf, sprang ab und kam dank der Unterstützung des Lehrers mit Mühe und Not über das Hindernis.

Das zweite Mädchen lief an. Ihr blödes Grinsen und die beiden Freundinnen, die zufällig seitlich daneben standen, hätten ihn warnen müssen, denn in dem Moment, als seine Hand sie zur Hilfestellung berührte, schrie sie gellend auf und ließ sich krachend vornüber auf den Kasten fallen. Es blieb ihm keine Zeit, sich zu kümmern, ob sie verletzt war, denn gekrümmt fiel sie auf die Matte und kreischte schrill: »Iiiih, der hat mich angefasst! Da!« Sie zeigte auf ihren Schritt.

Die anderen beiden Mädchen knieten sofort an ihrer Seite und als der Lehrer schauen wollte, was denn wirklich passiert war, sprang eine auf und zeigte schreiend auf ihn: »Da, er hat ja eine Beule in seiner Hose.«

Schreckensstarr stand er da, völlig unfähig, sich zu bewegen. Mit weit aufgerissenen Augen sah er an sich hinab. Dieselbe Sporthose wie immer; anliegend war sie schon, aber es gab nichts, was sich mehr abzeichnete als sonst.

Trotzdem richteten sich alle Blicke auf den Lehrer. War das sein Ende? Er wollte weglaufen, aber es ging nicht. Wie festgewachsen stand er neben dem Kasten. Kein einziger Schritt – unmöglich.

So stand er immer noch da, als der Direktor zusammen mit der Vertrauenslehrerin in die Sporthalle gestürmt kam. Zwei der Schülerinnen waren gleich zum Rektorat gelaufen.

Die Lehrerin kniete auf die Matte und streichelte das immer noch gekrümmt daliegende Mädchen. Der Direktor zischte seinen jungen Kollegen an: »Gehen Sie in mein Büro.« Und als der sich nicht bewegte und ihn nur starr ansah, brüllte er los: »Raus hier, jetzt, sofort!«

Dann setzte sich auch der Schulleiter auf die Matte und begann zu fragen.

Es dauerte nur eine Viertelstunde, bis ein unauffälliger VW-Passat auf das Schulgelände fuhr, dem zwei Beamtinnen der Karlsruher Kriminalpolizei entstiegen.

»Was haben Sie dazu zu sagen«, fragten sie den jungen Lehrer zwei Stunden später. So lange hatte die Befragung der Klasse gedauert.

»Nichts, ich habe wirklich nichts gemacht. Das ist alles ein Irrtum, ein bedauerlicher Irrtum. Tut mir leid, aber es war nichts.«

»Das haben wir aber völlig anders gehört.«

»Nein, bestimmt nicht, ganz sicher.« Mit funkelnden Augen sagte er: »Die wollen mich fertig machen, schon die ganze Zeit.«

Eine der Kommissarinnen sah ihn durchdringend an: »Sie halten sich zu unserer Verfügung. Bleiben Sie erreichbar.«

Die Lindts stiegen am Marktplatz wieder aus der ›S 41‹. »Sollen wir das kurze Stück noch …?«, fragte Carla, doch Oskar schüttelte den Kopf. »Lass uns den Vierer nehmen. Mir reichts für heute.« Die paar 100 Meter von der Haltestelle »Im Eichbäumle« bis nach Hause traten sie nochmals in die Pedale und wunderten sich.

Ein Streifenwagen parkte vor der Einfahrt. Sie stellten die Fahrräder in den Keller und nahmen die Treppe bis in den ersten Stock. Von oben kamen Geräusche, Stimmen waren zu hören, ziemlich erregt. Dann kamen zwei uniformierte Polizisten von oben. Sie flankierten den Mieter aus dem Dachgeschoss. Lindt wollte nicht glauben, als er sah, dass sein Nachbar die Hände auf dem Rücken hatte.

»Ach, Herr Lindt, das wäre aber nicht nötig gewesen. Mit dem sind wir doch auch alleine fertig geworden.« Der jüngere der beiden Beamten griff grinsend hinter den Festgenommenen und zog dessen gefesselte Handgelenke hoch. Mit schmerzverzerrtem Gesicht beugte der junge Lehrer seinen Oberkörper nach unten.

»Auf, weiter gehts!«

Lindt folgte bis zum Einsatzwagen. Als sein Nachbar auf den Rücksitz verfrachtet war, winkte der Kommissar den älteren Streifenbeamten zu sich her. »Mich hat niemand gerufen, wir wohnen hier – aber was liegt denn gegen ihn vor?«

»Nur zur Vernehmung ins Präsidium, war vorgeladen und kam nicht. Uns wollte er zuerst auch nicht begleiten, aber wir hatten einfach die besseren Argumente.« Lächelnd hob er seine Hand hoch. An der Spitze des Zeigefingers baumelten die Handschellen.

»Und was liegt gegen ihn vor?«

Der Uniformierte holte ein Blatt aus seiner Schreibmappe: ›Verdacht auf sexuellen Missbrauch von Schutzbefohlenen‹, konnte Lindt lesen. Er schüttelte den Kopf – »ein völlig unauffälliger, netter Nachbar« – und ging zurück zum Haus.

»Die sind die Schlimmsten«, rief ihm der Streifenpolizist noch hinterher. »Die, denen man es nicht ansieht.«

Der Kommissar zog die Haustür hinter sich zu.

Sein erster Gang am nächsten Morgen führte ihn zum Dezernat für Sexualdelikte. »Wir wollten ihn eigentlich nur vernehmen, aber er war total daneben«, berichtete eine der Beamtinnen.

»Noch mal Randale?« Lindt vertiefte sich in die Akte.

»Nein, grad im Gegenteil. Fast hätten wir einen Arzt geholt. Er wurde richtig apathisch.«

Der Kommissar sah hoch: »Wie das?«

»Er hat die ganze Zeit auf den Boden gestarrt und so gut wie nichts gesagt.«

»Immer nur: ›Reingelegt, die haben mich reingelegt.‹ Für den ist eine Welt zusammengebrochen, eindeutig«, ergänzte die zweite Kollegin. »Mal sehen, vielleicht können wir heute vernünftig mit ihm sprechen.«

»Wo habt ihr ihn denn untergebracht?«

»Naja«, druckste sie herum, »wir haben uns lange überlegt, was wir mit ihm anstellen sollen, aber einsperren? Dafür reichten die Anschuldigungen dann doch nicht. Als er sich einigermaßen beruhigt hatte, haben wir ihn gehen lassen.«

»Um zehn fahren wir mal hin. Bestimmt ist er daheim gesprächiger.«

Lindt runzelte die Stirn. Erst abführen und ein paar Stunden später wieder laufen lassen, oberpeinlich, das Ganze, lag ihm auf der Zunge, aber er sagte nichts. Er mochte es nicht, wenn andere Kollegen seine Arbeit kommentierten und hielt sich deshalb auch selbst zurück.

»Es war vielleicht ungeschickt, ihn gestern herbringen zu lassen, aber wir konnten ja nicht ahnen, dass ihn die Streifenbesatzung gleich schließt.«

Nachdenklich ging er zurück in sein eigenes Büro.

Reingelegt? Falsche Anschuldigungen? Es wäre nicht das erste Mal …

Überhaupt, er musste sich eingestehen, schon gut zwei Jahre mit dem jungen Mann im selben Haus zu wohnen und nicht das Geringste über ihn zu wissen. Ein paar belanglose Sätze ab und zu, manchmal eine Begegnung im Wald, wenn der Lehrer zu seiner Schule radelte, aber sonst? Unauffällig, freundlich, höflich. Nicht das geringste Negative, was Lindt zu seinem Nachbarn einfiel.

Er stopfte die erste Pfeife des Tages, zündete sie an und grübelte weiter. Die Narbe im Gesicht und das Glasauge, ja, die waren ihm natürlich aufgefallen – aber erst beim näheren Hinsehen. War das wohl der Grund, warum er keine feste Freundin hatte?

Er nahm sich vor, wieder bei den beiden Kolleginnen von der Sitte vorbeizuschauen und sich um seinen Nachbarn zu kümmern. »Einfach sympathisch, der ist es wert, dass man ihm hilft«, murmelte er halblaut vor sich hin und öffnete die Tür zum Nebenbüro.

»Hallo Chef, gut erholt gestern?« Betont locker begrüßte Jan Sternberg den Kommissar. »Wir haben einen soooo großen Hecht aus dem Wasser gezogen!« Er streckte die Arme auseinander, so weit es nur ging.

»Anglerlatein, Oskar, glaub ihm kein Wort«, mischte sich Paul Wellmann ein. »Wahrscheinlich haben sie auf der Heimfahrt noch beim Fischhändler Station gemacht. Vier Forellen, bitte über die Theke werfen.«

»Dieser Witz hat aber einen elend langen Bart«, grinste Lindt. »Ich weiß schon: selbst gefangen! Haha!«

»Überhaupt nicht«, wehrte sich Sternberg entrüstet. »Fragt meine beiden Jungs. Die werden heute in der Schule bös damit angeben. Ein wirklich riesiges Vieh und Zähne hatte der, ich kann euch sagen.«

»Bitte nicht Jan, fang mir lieber den Würger«, versuchte Lindt die Kurve zur Arbeit zu bekommen.

»Wenn ihn wenigstens mal jemand gesehen hätte, aber der scheint ein echtes Phantom zu sein. Völlig unsichtbar und immun gegen unsere Tricks, die ganze Mühe umsonst«, legte Wellmann seine hohe Stirn in viele kleine Falten.

Sternbergs PC-Maus klickte und eine voluminöse Datei erschien auf dem Monitor: »Mit den Freudenstädtern zusammen hat unsere SoKo jetzt 127 Spuren verfolgt. 48 Männer haben ein einwandfreies und 12 ein ziemlich sicheres Alibi. Fast 200 Fingerabdrücke haben wir genommen und genauso viele Speichelproben zur DNA-Bestimmung.«

»Und, was willst du damit sagen?«, fragte Wellmann.

»Na, dass wir fleißig waren, aktiv, umtriebig, rege. Niemand kann uns Vorwürfe machen.«

»Leider zählt in diesem dreckigen Geschäft nur der Erfolg!«, kratzte sich Lindt am Ohr, »und auf welchem Weg wir den erreichen sollen, dazu habe ich im Moment nicht die geringste Idee.«

»Warum so depressiv, Oskar?«, klopfte Paul Wellmann seinem Kollegen auf die Schulter. »Schau dir die Statistik an. Die allermeisten unserer Fälle haben wir doch gelöst. Aber wozu sag ich das auch? Es tröstet dich ja doch nicht.«

»Genau Paul, die Vergangenheit interessiert mich

herzlich wenig.« Lindt ließ sich schwer in Jan Sternbergs Schreibtischsessel plumpsen. »Ich will ihn! Verstehst du? Den einen, der im Wald direkt vor meiner Haustür die Schlingen zuzieht. Alles andere ist doch Schnee von gestern, vorbei, erledigt!«

»Nehmen Sie es doch nicht so persönlich, Chef«, versuchte Sternberg weiter zu kommen. »Oder versteckt er sich vielleicht bei Ihnen auf dem Dachboden?«

»Da habe ich heute früh noch nicht nachgeschaut«, brummte der Kommissar und stemmt sich wieder hoch. »Und so weit wird es auch nicht kommen. Wir müssen etwas tun, unbedingt, das steht fest. Wir müssen uns etwas einfallen lassen, wie wir ihn kriegen, bevor er ein fünftes Mal zuschlägt. Auch wenn die Aktion mit der Zeitung ein Flop war, dürfen wir uns nicht entmutigen lassen. Ich bin mir sicher, er ist hier, er wird weitermachen und wir, verdammt aber auch, wir müssen das verhindern.«

11

Das Telefon unterbrach ihn. Sternberg hob ab und griff zu Block und Bleistift. Er erbleichte und seine Hände fingen an zu zittern.

Ohne ein Wort zu sagen, zeigte er den Zettel. ›Rintheimer Querallee‹ war alles, was darauf stand, kaum leserlich.

Lindt schrie auf: »Wir haben versagt, jämmerlich versagt! Los, hin!«

Er stürmte aus dem Büro, die beiden Kollegen hinterher.

Entgegen seiner sonstigen Gewohnheit, Ruhe zu bewahren, warf er das Magnetblaulicht aufs Dach, schaltete das Martinshorn ein und raste aus dem Hof des Präsidiums. Über Funk erfragte Paul Wellmann den genauen Ort und Lindt gab Gas.

»Jan, schnall dich an, da hinten!«

Er bahnte sich den Weg durch die Karlstraße, wich am Europaplatz auf die Gleise aus, entging knapp einer Kollision mit der ›S 1‹, bog zwei Mal ab, jagte mit 130 aus der Stadt, Willi-Brandt-Allee, rote Ampel, zum Glück hielten alle an, nach rechts über den Adenauerring bis zur Fußgängerbrücke, dann links in den Wald, Linkenheimer Allee, noch mal abbiegen – nach knapp fünf Minuten trafen sie ein. Streifenwagen und die Fahrzeuge des Rettungsdienstes versperrten die Querallee.

Lindt sprang aus dem Wagen. Ein Stück weiter im Unterholz erkannte er zwei weiße Mützen. »Dort muss es sein, kommt.«

Er hetzte in die Richtung.

Ein Hund kam ihm entgegen. Was macht der hier?, zuckte durch sein Gehirn. Er erkannte den schwarzen Labrador sofort.

Ein Mann torkelte hinter dem Hund aus dem Unterholz. Als er den Kommissar sah, stieß er einen schmerzerfüllten Schrei aus: »Lindt, warum?«

Sein Fuß fing sich in einer Wurzel, er stolperte, fasste den Stamm einer Hainbuche, klammerte sich daran fest, stieß sich wieder ab, hämmerte mit den Fäusten auf den Baum ein.

Mit weit aufgerissenen Augen trat er dem Kommissar entgegen: »Meine Frau, dort hinten, es könnte auch Ihre sein!«

Lindt war erstarrt. Joseph Freitag stand vor ihm, Uni-Professor, Stadtrat der Grünen, sie kannten sich seit Jahren.

Der Kommissar brachte keinen Ton heraus, bekam kaum Luft. Ein riesiger Kloß im Hals nahm ihm fast den Atem.

Freitag hielt sich an der Hainbuche fest. »Anka saß plötzlich vor unserer Haustür – ohne Ira!«

Zwei dicke Tränen liefen über die bärtigen Wangen des Vierzigjährigen. »Ich wusste es sofort. Mit dem Rad bin ich ihre Joggingstrecke abgefahren.«

»Der Hund?«, würgte Lindt hervor.

Freitag nickte: »Hat mich hingeführt.«

Der Kommissar kannte die ganze Familie. In der Breslauer Straße hatten sie sich ein älteres Haus gekauft und aufsehenerregend umgebaut. Sonnengelb leuchtete die Holzfassade durch die Bäume.

Ira Freitag war eine bekannte Pianistin und oft auf Konzerttournee. Früher international, nach der Geburt ihrer beiden Kinder mehr im Inland. Der Kommissar hatte ihre schmale Silhouette mit den zusammengebundenen tiefschwarzen Haaren oft gesehen, wenn sie frühmorgens bei Wind und Wetter mit der Labradorhündin zum Hardtwald hinüberlief.

»Warum? Sagen Sie mir, warum?« Joseph Freitag ließ sich zu Boden sinken, zog die Knie an und begrub sein Gesicht in den verschränkten Armen. Lindt setzte sich einfach neben ihn. »Ich weiß es nicht. Wir alle wissen es nicht. Es gibt keinen Sinn«, antwortete er nach einer Weile ganz leise.

Sie saßen eine Viertelstunde nebeneinander. Respektvoll hielten alle Abstand.

Zwischenzeitlich wurde großräumig mit rot-weißem Band abgesperrt und die Spurensicherung begann ihre Arbeit. Der Kommissar bemerkte alles nur am Rande. Erst als eine freundlich dreinblickende Frau auf die beiden zutrat, schaute er hoch. »Annette Mannheimer, ich bin Pfarrerin und komme vom Notfallnachsorgedienst. Darf ich?«

Erstaunt schauten beide hoch. Lindt machte Platz und sie setzte sich neben Joseph Freitag auf den weichen Waldboden.

Steifbeinig ging der Kommissar weiter. Paul Wellmann kam ihm entgegen. »Kennt ihr euch?«

Lindt nickte. »Wohnt ganz in unserer Nähe, zwei Kinder, Professor, Stadtrat.«

»Dann kennst du auch die Frau. Kannst du hin?«

Der Kommissar zuckte mit den Schultern. »Ich werd müssen« und stapfte hinter seinem Kollegen drein.

Ein paar Quadratmeter waren frei zwischen den wilden Traubenkirschen. Ringsum war alles dicht. Voll belaubt schien es undurchdringlich.

»Kein Zufall, genau geplant, dieser Platz hier wurde gezielt ausgewählt«, analysierte Jan Sternberg.

Ira Freitag trug weiße Laufschuhe, schwarze enganliegende Leggins und ein langärmeliges Funktionsshirt. Sie lag auf dem Rücken, der Notarzt hatte ihr die Augen zugedrückt. Ihre langen feingliedrigen Finger waren zu Fäusten geballt. Bis auf den dunkelroten Ring am Hals gab es auf Anhieb keine weiteren Verletzungen zu sehen. Eine deutliche Schleifspur führte von der Allee bis zum Fundort.

Lindt wandte sich ab. Die Grenze dessen, was er zu ertragen vermochte, war überschritten. Er fühlte es. Zu viel, über seine Kraft.

Ohne auf die Richtung zu achten, ging er weiter. Tiefer ins Innere des Waldes. Langsam, Schritt für Schritt, wie wenn irgendetwas ihn wegschieben würde. Fort von Ira Freitag, weg von der Leiche, vom fünften Opfer.

Wellmann und Sternberg schauten ihm nach, wie er das Absperrband überstieg.

»Soll ich?«, fragte Jan.

»Lass ihn. Hier verläuft er sich nicht.«

In einer Partie mit weniger Unterwuchs blieb Lindt stehen. Er schaute nach oben in die hellgrünen Kronen der alten schrägen Kiefern. Sie waren licht, diese Charakterbäume des Hardtwaldes. Die Sonnenstrahlen drangen überall durch. Der Himmel schimmerte im schönsten spätsommerlichen Hellblau.

Er wusste nicht mehr, wie lange er an einem der grobborkigen Bäume lehnte. Eine halbe Stunde, vielleicht auch länger. Ob er es selbst schaffte, sich aus diesem tiefen Loch herauszuziehen? Vielleicht brauchte er professionelle Hilfe.

Darüber reden. Half das wirklich? Mit Carla? Mit Paul? Mit Eschenberg? Keine Ahnung.

Trotzdem kehrte er um. Zurück, er durfte sich nicht so hängen lassen, schließlich war dort vorne seine Arbeit.

Die verbalen Peitschenhiebe von Oberstaatsanwältin Lea Frey klingelten ihm schon jetzt im Ohr.

Vielleicht sollte er sich einfach ablösen lassen. Die Öffentlichkeit wäre bestimmt zufrieden. ›Ein junger dynamischer Kommissar führt die Ermittlungen weiter‹, würde sie bei der Pressekonferenz mit ihrer blechernen Stimme verkünden und die Kommentare der Tageszeitungen würden ihr recht geben. Neue Besen …

Eine vertraute Gestalt hellte seine Stimmung schlagartig auf. Nicht die ›Eiserne Lea‹, sondern den ›Kurzen‹ erkannte er. Tilmann Conradi, der kleine nette Staatsanwalt, eindeutig Lindts Favorit in dieser Behörde und zudem auch sein Nachbar. Nur wenige Häuserblocks entfernt, wohnte er ebenso in der Waldstadt.

Sie gaben sich stumm die Hände. Conradi schaute

den altgedienten Kommissar an. »Es geht Ihnen nahe, ich sehe es. Können Sie trotzdem weitermachen?«

»Soll ich denn überhaupt?«

»Wer sonst?«

Die Sonderkommission trat am Nachmittag zusammen. Oskar Lindt trug gemeinsam mit Tilmann Conradi die aktuelle Lage vor. Den sensiblen Staatsanwalt an seiner Seite zu wissen, bedeutete ihm sehr viel. Gegenseitige Achtung und Anerkennung der Leistungen des Anderen waren die Basis ihrer langjährigen Zusammenarbeit. Im Lauf der Jahre hatte sich daraus ein schon fast freundschaftliches Verhältnis entwickelt – dennoch bestand immer noch die notwendige Distanz.

»Die Frau Oberstaatsanwältin weilt auf Island«, flüsterte Conradi dem Kommissar ins Ohr. »Gestern flog sie und bleibt vier Wochen.«

»Dort passt sie hin«, zischelte Lindt augenzwinkernd zurück und jeder konnte ihm ansehen, wie positiv sich diese Nachricht auf seine Stimmung ausgewirkt hatte.

»Leute, wir packen das!«, machte er seinen Kollegen Mut. »Zeigt, was ihr könnt, es kommt auf jeden Einzelnen an. Der kleinste Hinweis kann uns auf die richtige Spur führen. Wir dürfen nichts übersehen.«

»Die Medien werden über uns herfallen«, warf Sternberg ein.

»Gerade deshalb müssen wir unsere Anstrengungen verdoppeln, ach was sage ich, vervielfachen. Jeder hier im Raum hat gute Ideen und genau die brauchen wir. Wir werden nicht nur abwarten, was uns die KTU

und die Rechtsmedizin liefern, nein, wir müssen selbst
aktiv werden.«

»Die Hundertschaften wieder?«, fragte Jan Sternberg.

»Genau, und diesmal uniformiert. Ich will, dass
es von ihnen wimmelt. Sie müssen die Leute anspre-
chen, überall, auf der Straße, im Wald, beim Bäcker, an
der Tankstelle, im Supermarkt. Fußgänger, Radfahrer,
Hundebesitzer, Jogger, die Rentner auf der Parkbank,
die Schüler an der Haltestelle. Wir werden Plakate aufhängen und Handzettel verteilen. Zeitung, Radio, Fernsehen, alle Medien werden wir einspannen, sodass sie
gar keine Zeit haben, unsere Arbeit zu kritisieren. Und
glaubt mir, irgendwer hat was gesehen, irgendeinem ist
was aufgefallen. Wir müssen die Bevölkerung nur dazu
bringen, mit uns zu reden!«

Lindts Optimismus war ansteckend. Die Vielzahl
der Aufgaben wurde auf 15 Kleingruppen verteilt, alle
machten sich unverzüglich an die Arbeit.

Für 19 Uhr setzten Lindt und Conradi eine Pressekonferenz an, bei der sie die Journalisten mit der-
artig vielen Informationen über die geplanten Aktionen überschwemmten, dass für kritische Fragen einfach
kein Raum blieb.

»Sie gehören ab jetzt zu unseren wichtigsten Mitarbeitern«, wandte sich der Staatsanwalt an die Presse-
vertreter und Lindt schlug in die gleiche Kerbe: »Mit
Ihrer Hilfe wird es uns gelingen, die Öffentlichkeit zu
mobilisieren. Alle Bürgerinnen und Bürger sind zur
Mithilfe aufgerufen, denn jeder muss wissen, dass es
auch ihn hätte treffen können.«

Tilmann Conradi appellierte über die Radiomikrofone und Fernsehkameras, über die Diktiergeräte und Stenoblöcke direkt an die Bevölkerung: »Bitte sprechen Sie unsere Beamten an, wenn sie Ihnen auf der Straße begegnen. Teilen Sie uns alle Beobachtungen mit, auch wenn sie noch so nebensächlich erscheinen. Dieser Mörder, der heute Morgen wieder völlig wahllos zugeschlagen und zwei Kindern die Mutter genommen hat, ist mitten unter uns. Denken Sie bitte daran, die Polizei arbeitet für Ihre Sicherheit und dafür, dass Sie nicht der Nächste sind, dem die Schlinge um den Hals gelegt wird!«

Ein Blitzlichtgewitter erhellte den Saal, als Oskar Lindt ein dünnes Stahlseil hochhielt und es im Handumdrehen zu einer Schlinge bog. Selbst die hartgesottensten Journalisten aber schrieen auf, als er diese einer Schaufensterpuppe, die extra organisiert worden war, über den Kopf stülpte und ruckartig zuzog.

Sieben Mal musste er die Prozedur wiederholen, bis alle Fernsehkameras die Szene im Kasten und alle Bildreporter die Speicherchips ihrer Digicams gefüllt hatten.

»Schockiert?«, fragte Conradi nach der Vorführung direkt in die Objektive. »Genau das war unsere Absicht. Diese Bilder müssen jedem durch Mark und Bein gehen. So fühlt es sich an. Man wird vom Fahrrad gestoßen, liegt hilflos am Boden und blitzartig legt sich eine solche Schlinge um den Hals. Ein kräftiger Ruck, das ist das Ende! Deshalb seien Sie auf der Hut und helfen Sie mit – bitte!«

Die Berichterstattung war beispiellos: »Ganz Karlsruhe jagt den Schlingenmörder«, titelte die ›Bildzeitung‹ deutschlandweit in fetten Lettern. Großaufnahmen der Lindtschen Vorführung fanden ihren Platz gleich daneben.

Für einige Zeitungen waren die Bilder hart an der Grenze, aber sie druckten die Fotos letztendlich doch, weil alle anderen es ebenfalls taten.

In der Nachrichtenredaktion des SWR entbrannte eine heiße Diskussion, ob die Filmaufnahmen gezeigt werden sollten, und letztendlich beließ man es bei einem Zehnsekundenstreifen, der abbrach, als Lindt der Puppe die Schlinge über den Kopf zog.

Privatsender kannten keine derartigen Bedenken. Sonderminuten verlängerten die stündlichen Nachrichten und einige Fernsehteams drehten sogar direkt am Tatort.

Nur Joseph Freitag und seine Kinder blieben verschont. Ein Portraitfoto des bekannten Hochschullehrers und mehrere Bilder, die seine Frau bei Konzerten am Flügel zeigten, wurden nach Absprache freigegeben, aber ansonsten behelligten die Medien die Trauerfamilie nicht.

Verschiedene Radioprogramme strahlten Reportagen aus, dabei begleiteten Rundfunkjournalisten die Bereitschaftspolizei bei ihren Befragungen. Viele der Angesprochenen bekundeten tiefe Abscheu vor den Verbrechen und versprachen, die Augen besonders gut offen zu halten.

»Fördern wir mit diesem Vorgehen nicht das Denunziantentum?«, runzelte Paul Wellmann wieder einmal seine hohe Stirn, als er mit Lindt später am Abend alleine im Büro war.

»Ich verstehe dich, Paul«, antwortete sein Kollege, »aber siehst du eine Alternative?«

Wellmann zog die Achseln hoch. »Warten wirs halt ab.«

Bereits am nächsten Tag liefen die Telefone heiß, die Aktenberge mit Hinweisen, wer wen am fraglichen Morgen auf den Alleen gesehen hatte, wuchsen und wuchsen. Drei Beamte waren vollauf beschäftigt, die Aussagen aufzunehmen und einzutippen.

Jan Sternberg hatte die geniale Idee: »Von jedem Mann, der eine Meldung abgibt, wird gleich ein digitales Bild gemacht und das wiederum den anderen Waldbesuchern vorgelegt. So lassen sich schnell und zuverlässig diejenigen Personen ausschließen, die sich gegenseitig erkannt haben.«

Auch die Fotos aus der Webcam in der alten Eiche nahe des ersten Tatorts wurden mitverwendet. Erstaunlicherweise funktionierte das Gerät immer noch problemlos und lieferte seine gestochen scharfen Bilder Tag und Nacht direkt ins polizeiliche Netz.

»Der Mörder könnte dort vorbei gekommen sein«, überlegte Sternberg und ließ die Aufzeichnungen des in Frage kommenden Zeitfensters besonders genau analysieren.

Lindt versprach sich davon allerdings nicht sehr viel. »Der neue Tatort ist zu weit weg vom Kamerastandort. Der Täter kann auch zig andere Wege benutzt haben.«

Nach einigen Tagen kristallisierte sich ein Rest von fünf Männern heraus, von denen zwar Personenbeschreibungen vorlagen, die sich aber selbst nicht gemeldet hatten, um eine Aussage zu machen.

»Einer von denen wars! Garantiert!«, frohlockte Sternberg. Auch Oskar Lindt war optimistisch. Er ließ sich sogar zu der Bemerkung hinreißen, die Idee mit dem ›Ausschlussverfahren nach Bildervergleich‹ würde Jan bei der nächsten Beurteilung einen Extra-Bonus einbringen. »Umso schneller gehts zum Kommissar-Lehrgang.«

Als Nächstes bekamen die Spezialisten aus der Abteilung von Ludwig Willms eine Menge Arbeit. Alle Waldbesucher, die einen der fünf Männer beschrieben hatten, mussten sich bei der Kriminaltechnik einfinden. Am Computerbildschirm wurden dann mithilfe eines topmodernen Grafikprogramms Phantombilder erstellt.

»Wir haben Bilder von allen fünf. Jedes durch mehrere Beobachtungen abgesichert. Das reicht noch bis zum Redaktionsschluss«, stürmte Jan Sternberg ins Büro.

Lindt und Wellmann schauten erschreckt von den Akten hoch, über denen sie gerade brüteten.

»Du willst sie gleich in die Zeitung bringen?«

»Ja, Chef, und ich bin überzeugt, dass wir schon morgen früh die ersten Hinweise haben.«

Lindt lehnte sich zurück, atmete einmal tief durch, zog dann wieder an seiner Pfeife und blies einen dünnen Rauchfaden aus dem Mundwinkel.

»Wie lange haben wir Zeit, Jan? Wann müssen die Bilder in der Redaktion sein?«

»Ich habe gerade angerufen. Eine halbe Stunde halten sie uns den Platz auf der ersten Lokalseite noch frei.«

»Lasst uns genau überlegen, was wir tun.«

Paul Wellmann teilte die Begeisterung seines jungen Kollegen nicht so ganz. »Stell dir mal vor, du stehst morgens auf, blätterst verschlafen durch die BNN und siehst plötzlich fünf Verbrecherbilder – deines ist dabei! Darüber steht groß und breit: Wer kennt diese Mörder – äh, Entschuldigung – Männer natürlich, wer kennt diese Männer? Möchtest du das erleben?«

»Nein, Paul«, druckste Sternberg unschlüssig herum. »Wir müssten halt eine passende Überschrift wählen. Eine, die nicht gleich nach Steckbrief aussieht. Aber es könnte auch ganz anders kommen: Jemand erkennt seinen Nachbarn, ruft bei uns an, wir schicken gleich zwei Streifen hin, holen denjenigen ab, Vernehmung, Speichelprobe, DNA-Vergleich und dann wissen wirs. Mörder oder nicht, so einfach geht das!«

Oskar Lindt rutschte unruhig auf seinem Stuhl hin und her. »Wenn es klappt, ists gut. Aber wenn nicht? Eigentlich sind solche Rambo-Methoden nicht unser Stil.«

»Noch nie gewesen«, pflichtete ihm Wellmann bei.

Sternberg begann ärgerlich zu werden: »Wozu haben wir die Phantombilder dann, wenn wir sie nicht veröffentlichen? Sie waren doch auch dafür, Chef! Bekommen Sie jetzt kalte Füße?«

»Nein, Jan, bitte versteh mich nicht falsch. Ich bin immer noch überzeugt von unserem Vorgehen, aber vielleicht fällt uns noch ein Weg ein, wie wir weniger Aufsehen erregen.«

Auch Paul Wellmann teilte Lindts Bedenken. »Vier von denen sind ja auf jeden Fall unschuldig. Vier ganz normale Männer«, er warf einen Blick auf die Bilder, »jung bis mittelalt, vielleicht schon Familienväter. Wahrscheinlich haben sie einen Arbeitsplatz, einen Bekanntenkreis und plötzlich tauchen sie als Phantombild in der Zeitung auf. Das wäre doch katastrophal!«

»Wenn wir den einen, der übrig bleibt, aber dadurch schnappen, ist es das Opfer wert«, gab Sternberg eingeschnappt zurück.

Lindt machte dem Konflikt ein Ende: »Wir warten noch«, entschied er. »Wozu haben wir die BePo? Die schicken wir mit diesen Bildern auf die Straße. Wenn dann jemand erkannt wird, bekommen wir gleich Rückmeldung und können die betreffende Person unmittelbar und ohne großes Aufsehen überprüfen.«

Paul Wellmann nickte: »Gefällt mir besser, Oskar. Wir müssen auch überlegen, was passiert, wenn der Mörder sich selbst in der Zeitung sieht, bevor ihn jemand erkennt.«

Jan Sternberg wurde kleinlaut: »Der wäre natürlich gewarnt und haut schleunigst ab.« Etwas trotzig ergänzte er: »Aber vielleicht ist er ohnehin schon fort, bei dem ganzen Wirbel.«

An diesem Abend war Lindt voller Zweifel, als er nach Hause fuhr. Die Meinungsverschiedenheiten wegen den Phantombildern ließen seinen Optimismus schrumpfen. War es richtig, wie sie vorgingen? Hatten sie etwas Wichtiges übersehen?

Er musste Jan recht geben. Der Mörder war vielleicht schon über alle Berge. Aber in diesem Fall könnte man ihn wenigstens durch die Bilder identifizieren. Auch in einer verlassenen Wohnung würde sich bestimmt DNA-Material finden. Sollte sich dann der Verdacht bestätigen, müsste man eben weiträumig nach ihm fahnden.

»Könnte, sollte, würde, müsste«, sagte er leicht gereizt zu Carla. »Ich denke nur noch im Konjunktiv. Dabei müsste ich eigentlich ganz zuversichtlich sein.«

»Ja«, nickte sie zustimmend, »diese Riesenaktion verläuft genau nach Plan und mit diesen Bildern kommt ihr bestimmt weiter.«

Er umarmte sie. »Hauptsache, du nimmst unser Auto und nicht das Fahrrad, um zur Arbeit zu kommen. Wenn wir ihn haben, dann kannst du von mir aus wieder radeln, soviel du willst.«

Carla versuchte zu lächeln. »Das Parkhaus kostet aber ganz schön viel und dann mit dieser großen Kiste im Stadtverkehr – nicht gerade ein Vergnügen.«

»Du hast den alten Mercedes doch geerbt, nicht ich«, gab er zurück.

»Ich würd ja die Straßenbahn nehmen, aber umsteigen und dann noch zehn Minuten zu Fuß, das ist auch ganz schön lästig.«

»Bald schnappen wir ihn, bestimmt. Jetzt ziehen *wir* die Schlinge zu!«

Ja, die Schlinge! Der Kommissar ahnte nicht, was genau damit zwei Stockwerke über ihm geschah. Hingebungsvoll wurde dort ein fünfter Lackring angebracht. Exakt einen Zentimeter breit und in glänzendem Königsblau. Lila und schwarz fehlten noch, um den Schmuck der beiden Griffhölzchen vollkommen zu machen.

Versonnen lächelte der Lehrer vor sich hin. Er war mittlerweile völlig ruhig und entspannt, er fühlte sich richtig wohl. Eigentlich hatte er dazu überhaupt keinen Grund – ganz im Gegenteil. Bis zum Abschluss der Untersuchungen war er vorläufig vom Dienst suspendiert worden, außerdem drohte eine Versetzung. Genau das bedeutete aber, dass er nie wieder nach Neureut in diese verhasste Schule musste. Nie wieder würden diese aufsässigen Schüler ihn demütigen und nie wieder würden diese eingebildeten Kollegen ihn ihre Verachtung spüren lassen.

Er glaubte fest an eine Stelle in seiner Heimat. Auf dem Land, so redete er sich immer wieder ein, hätten die Schüler noch mehr Achtung vor einem Lehrer. Sie würden zu ihm aufsehen – ganz bestimmt! Wenn seine Mutter das noch hätte erleben können … Manchmal wunderte er sich, wie problemlos er mit ihrem Tod zurechtkam.

Natürlich, klar, ohne Verhandlung ginge das Ganze nicht ab. Strafprozess – Disziplinarverfahren, doch er war sich völlig sicher, dass er alle Vorwürfe problemlos entkräften könnte.

Seit er es geschafft hatte, seine Garotte ein fünftes Mal zuzuziehen, schreckte ihn selbst der Gedanke an ein Gericht nicht mehr. Er schwebte in absoluter Hochstimmung.

Dieses riesige Polizeiaufgebot auszutricksen, war nicht einfach gewesen, doch sein Plan hatte funktioniert. Frühmorgendliche Fahrradrunden, jeden Tag – drei Mal waren ihm Polizeifahrzeuge begegnet, jedoch ohne kontrolliert zu werden. Zivilstreifen? Es gab keine mehr, da war er sich völlig sicher und selbst wenn? Sie hätten nichts bei ihm gefunden. Seine schwarzen Klamotten hatte er immer zu Hause gelassen und auch die Schlinge wartete stets an der Schreibtischlampe auf seine Rückkehr. Er begann zu grinsen und dachte an die beiden Streifenpolizisten, die ihn zum Verhör abholen mussten. Das hätte gefährlich werden können, aber entweder hatten diese Tölpel den aufgerollten Draht nicht bemerkt oder ihn wegen der lackierten Griffe für ein Schmuckstück gehalten.

Der Hauptgrund für die gute Laune aber war sein mehrmaliger Besuch im Polizeipräsidium, in der Höhle des Löwen sozusagen. Selbstverständlich und ohne die geringste Nervosität hatte er seine Aussage gemacht, denn zur fraglichen Uhrzeit war er ja wie üblich zwecks Frühsports im Hardtwald unterwegs gewesen. Das wusste auch dieser Kommissar. Oft genug begegneten sie sich. Also blieb ihm nur die Flucht nach vorne. Alles andere hätte ihn doch verdächtig gemacht – und außerdem half er ja gerne.

Man hatte ihn abgelichtet und ihm Fotos vorgelegt. Bilder von anderen Radfahrern, von Joggern, Nordic-Walkern, Gassigehern – 15 davon konnte er erkennen. Er war ihnen schon oft begegnet, fast jeden Morgen, fast immer auf derselben Strecke, fast zur gleichen Uhrzeit.

Ja, man kannte sich. Auch die Frau mit dem auffallenden schwarzen Haar und dem harmlosen schwarzen Hund hatte er gekannt. Dass sie Pianistin war, erfuhr er erst danach aus der Zeitung, aber sie joggte immer so passend die Querallee entlang, ideal für das fünfte Mal.

Außerdem kam es ihm nicht auf eine bestimmte Person an. Wichtig war nur die Tat. Das kraftvolle Zuziehen, das hilflose Zappeln, das völlige Ausgeliefertsein, das endgültige Auslöschen, danach fieberte er. Das gab ihm den ultimativen Kick und machte ihn frei.

Seit er suspendiert war, hatte er Zeit im Überfluss. Er las viel und hörte Musik, mehrmals täglich stand Sport auf seinem Programm, abwechselnd joggen oder biken, auch im Fitnessstudio ließ er sich sehen, bei Sonne ab und zu an den Baggersee – ein herrliches Leben.

Ein idealer Zustand, um Pläne zu schmieden, um die letzten beiden Ringe an der Garotte zu lackieren. Es mussten aufsehenerregende Taten werden, so genial, um damit in die Geschichte einzugehen. Sie sollten seine Lebensleistung krönen. Noch nach Jahrzehnten würde man von ihm sprechen, von dem, der die Schlinge zuzog und danach unsichtbar im Unterholz der Wälder verschwand. Von dem, nach dessen Motiv man vergeblich gesucht hatte. Von dem, der die fähigsten Polizisten zum Narren gehalten hatte.

Sollte er sich wieder ein prominentes Opfer aussuchen? Bisher war es ihm völlig egal gewesen, wen er ins Dickicht zerrte, aber mit dieser Pianistin, dieser Professorenfrau hatte er einen tollen Coup gelandet. Deutschlandweit sprach man von ihm, sogar zwei amerikanischen TV-Stationen war er eine Kurzreportage wert gewesen.

Einen unbekannten Studenten oder einen besoffenen Rentner auf dem Mofa vergaß man bald wieder, aber eine international bekannte Künstlerin und Gattin eines Hochschullehrers, damit potenzierte sich das Medieninteresse schlagartig.

Er sprang auf. Wie wäre es wenn ... Ja, genau, der wohnte doch auch in der Waldstadt ... Er kannte ihn aus der Zeitung, aus dem Fernsehen und aus dem Wald!

Mittlerweile zeigten die grün Uniformierten unermüdlich Phantombilder vor. Zweierteams der Bereitschaftspolizei waren unterwegs und hielten den Passanten die Computerkonstruktionen unter die Nase. »Kennen Sie diese Personen?«

12 neue Spuren hatte der erste Tag erbracht. »Alle überprüft – jedes Mal Fehlanzeige«, berichtete Jan Sternberg in der großen Konferenz.

Der nächste Tag verlief nicht besser. Sieben Mal griffen die BePo-Trupps zum Handfunkgerät, Streifenwagen wurden losgeschickt, doch in keinem Fall bestand auch nur eine entfernte Ähnlichkeit.

Tag drei brachte endlich Erfolg. Ein Gärtner des Hauptfriedhofs gab zu, am Morgen der Tat die Rintheimer Querallee benutzt zu haben. »Ich wohn in der Kirchfeldsiedlung und fahr immer mit dem Rad ins G'schäft.« Bereitwillig gab er eine Speichelprobe ab, der Vergleich verlief jedoch negativ.

»Der hatte wirklich eine frappierende Ähnlichkeit mit Bild 3, aber der DNA-Test war eindeutig: keine Übereinstimmung«, meldete KTU-Chef Willms beim folgenden Meeting.

»Schade«, frotzelte Jan Sternberg, »einem Gärtner traut man doch allerhand zu.«

»Wenigstens wieder einer weniger auf der Phantom-liste«, meinte Wellmann. »Jetzt sind es nur noch vier.«

Lindt wurde nachdenklich. »Was wäre, wenn der Täter keiner von diesen Vieren ist? Vielleicht haben wir es ja mit einem wirklichen Phantom zu tun?«

»Jemand, der völlig unsichtbar bleibt? Den niemand je in der Nähe der Tatorte gesehen hat?« Auch Wellmann überlegte.

»Überall war dichter Bewuchs. Kein Problem, um unterzutauchen«, bestätigte Sternberg.

Lindt dachte laut nach: »Bei dem Engländer in Freudenstadt war es nicht ganz so, dieser Fall schert etwas aus. Aber sonst hat Jan schon recht. Er agiert im Schutz der Dunkelheit oder verborgen im Unterholz.«

»Wird aus dem ›Waldstadt-Würger‹ vielleicht bald das ›Hardtwald-Phantom‹?«, stichelte Ludwig Willms. »Also mich auf meinem Rennrad würde er jedenfalls nicht schnappen.«

Lindt paffte eine Riesenwolke in die Luft und grinste ihn an. »Schon mal gegen einen quer gespannten Draht gefahren? Wie weit du wohl fliegen würdest? Einschlagen wie eine Granante. Da wär ich dann gerne Zuschauer.«

Noch bevor Willms auf diese Provokation antworten konnte, war der SoKo-Chef aufgestanden. »Bin mal unterwegs«, bekamen seine Mitarbeiter noch zu hören, dann war er weg.

»Fort ist er – wie das ›Hardtwald-Phantom‹!« Jan Sternberg schüttelte nur ratlos den Kopf.

›Den Kopf auslüften‹, nannte es Lindt, wenn er auf einen seiner langen Spaziergänge ging. Beim Waldparkplatz an der Linkenheimer Allee stellte er den keilförmigen Citroën ab und ging zu Fuß weiter. Die warme Spätsommerwitterung war nun schon seit Wochen stabil, nachmittäglicher Sonnenschein, kein Wölkchen am blauen Himmel, kaum Wind, 20 Grad. Wunderbar und wesentlich angenehmer als die schweißtreibenden Sommermonate.

Bald verließ er die schnurgerade nach Norden führende Allee und schlug sich auf einem schmalen Fußweg seitwärts in den Wald. Zwei Kaninchen hoppelten erschreckt vor ihm davon und ein Buntspecht folgte mit gellendem Lachen von der morschen Roteiche, wo er nach Maden gehackt hatte.

»Brauchst mich gar nicht auszulachen«, rief Lindt ihm übermütig hinterher. »Wir finden ihn! Ganz sicher!«

Der Weg führte durch dichten Jungwuchs. Man konnte nur wenige Meter weit hineinsehen. Eine Erinnerung an früher schoss ihm durch den Kopf. Treibjagd! Vor vielen Jahren, während seiner Schulzeit, war er manchmal dabei gewesen. Die Treiber versuchten, mit möglichst großem Lärm das Wild aus der Deckung zu jagen. Bei jungen unerfahrenen Tieren hatte das gut funktioniert, aber die Alten und Schlauen, die Gewieften und die, an denen die Kugeln der Jäger schon einmal knapp vorbeigepfiffen waren, fanden jedes Mal einen Weg, die Treiberwehr im Dickicht zu umgehen. »Fuchs nach hinten«, war ein häufiger Ruf, wenn sich einer der Rotröcke geduckt hatte, bis die lärmende Linie vorbeigezogen war. Alterfahrene Wildschweine verhielten sich genauso. Völlig lautlos – Lindt lachte halblaut vor sich hin – wie ein Phantom schlichen diese mächtigen

Tiere durchs Dickicht, schoben sich unter Brombeer-
ranken ein und warteten geduldig auf Ruhe. Unerfah-
rene Frischlinge dagegen hatte auf der nächsten Linie
schon längst das beschleunigte Blei der Schützen ereilt.

Auch Lindt kam sich in seiner momentanen Situation
vor wie bei einer riesigen Treibjagd. Die engagierten jungen Kollegen der Bereitschaftspolizei durchkämmten
die Gegend und versuchten, durch das Vorzeigen der
Bilder und den Gesprächen eine Spur ihrer Jagdbeute
aufzunehmen. Sämtliche Mitarbeiter der SoKo warteten als Jäger nur darauf, dass sich das Wild irgendwo
aus der Deckung traute. Bislang aber noch völlig ohne
Erfolg. Der Gärtner vom Hauptfriedhof war ein klassischer Fehlabschuss. Zum Glück ein Lebendfang, den
man wieder freilassen konnte.

Der Kommissar spazierte gemächlich weiter, mittlerweile völlig in Gedanken versunken. Das Bellen
eines Hundes schreckte ihn auf. Richtig, durchfuhr es
ihn. Wenn Hunde mit im Trieb waren, erhöhte sich die
Erfolgschance der Jagd gleich um ein Vielfaches.

Die feinen Spürnasen folgten unermüdlich der Fährte
und stellten auch manchen alten Keiler. Claus Eschenberg, der Psychologe vom LKA, besaß sicherlich eine
solche Nase, doch im Moment hatte selbst er die richtige Spur noch nicht wittern können.

Zuweilen gelang es einem schlauen Tier auch, sich
zwischen zwei unerfahrenen Schützen nach hinten zu
verdrücken. Dass eine solche Situation bei den abendlichen Zivilkontrollen vor einiger Zeit hier aufgetreten
war, das wusste nur der Gejagte selbst. Die Jäger jedoch
hatten keinen blassen Schimmer, wie knapp ihnen das

Wild damals entgangen war. Noch viel weniger ahnten sie, dass es sich schon bis in das Allerheiligste der Karlsruher Verbrechensbekämpfung gewagt hatte, um völlig unerkannt seine Aussage zu machen.

Lindt stapfte weiter und kam auf seinem Fußweg zu einer kleinen Lichtung. Er schaute nach oben, das Halbdunkel des Waldes war hier zu Ende. Weiter vorne bemerkte er einen Hochsitz. Auf vier dicken Stangen thronte ein Bretterverschlag mit schmalen Sehschlitzen.

Hochsteigen, war seine spontane Idee, doch beim Weitergehen bemerkte er im Augenwinkel irgendetwas, was nicht hierher gehörte. Ein Grünton, wie er in der natürlichen Farbpalette ringsum nicht vorkam. Er ging zehn Schritte nach links und stand vor einem kleinen stabilen Kunststofffass. Mit seinem Schuh gab er dem Teil einen Stoß und es drehte sich ein wenig zur Seite. Aus dem Innern kam ein Geräusch, wie wenn sich kleine Kieselsteinchen bewegten.

»Ach so!« Der Kommissar schaute auf den Boden und verstand. Er sah drei gelbe Körner und gleichzeitig ein paar enge runde Löcher in der Wand des Fässchens. Die Maiskörner fallen nur heraus, wenn eine Wildsau das Fass bewegt. Jetzt kapierte er auch den Sinn des Hochsitzes im Hintergrund. Klar doch, anlocken und abknallen!, erkannte er die Methode, wie hier die Schwarzkittel zur Jagdbeute werden sollten.

Wenn wir nur wüssten, worauf unser Schlingenzieher steht. Dann könnten wir es auch mal auf diese Art versuchen. Sollte er bei der SoKo-Besprechung morgen früh mal fragen, ob sich jemand als lebender Köder zur Verfügung stellen wollte?

Lieber nicht! Er dachte an den ersten Versuch, den Täter mithilfe der Presse aus seinem Versteck zu locken. Ein gründlicher Fehlschlag!

Lindt ging 40 Meter weiter und stieg auf den Sprossen der Hochsitzleiter empor. Er erwartete ein Quietschen beim Öffnen der Brettertür, doch sie schwang völlig lautlos zurück. Aha, bestens geölt, die Scharniere. Hier schienen erfahrene Jäger am Werk zu sein.

Der Kommissar setzte sich auf das breite Holzbrett und peilte durch die engen Öffnungen nach draußen. Das kleine grüne Fass lag genau im Blickfeld.

Die Jäger haben es da um einiges leichter, überlegte er. So ein wildes Schwein ist wirklich nicht zu übersehen, wenn es dort am Mais nascht, aber wir? Wir wissen ja noch nicht mal, wie unsere Beute aussieht!

Oskar Lindts gute Laune begann wieder zu schwinden. Keine Jagdstrategie schien erfolgversprechend zu sein. Blieb nur das passive Warten auf den berühmten Kommissar Zufall?

Völlig unbefriedigend!

Er schaute wieder nach draußen. Eine gelbrote Bewegung huschte durchs Gras. Fuchs! Ein Ruf, der den Adrenalinpegel damals schlagartig emporschnellen ließ. Lindt erinnerte sich an seine früheren Treibjagderlebnisse.

Vielleicht kam auch der Kommissar noch zur Zufallsbeute? Zur rechten Zeit am rechten Ort – aber wo? Aber wann? Und auf wen sollte er warten?

Ein Fehler, den der Täter macht? Bisher war er den Ermittlern immer eine Nasenlänge voraus gewesen.

Noch nachdenklicher als zuvor setzte er seinen Spaziergang fort. Der schmale Weg führte ihn nach einigen 100 Metern wieder hinaus aus dem dicht belaubten Wald. Orientierend schaute er sich um. Klar, die Rintheimer Querallee. Der Tatort lag zwar weiter östlich, aber dennoch kamen dem Kommissar gleich alle unangenehmen Erinnerungen wieder ins Bewusstsein.

Der schrille Ton einer Fahrradklingel riss ihn aus den Gedanken. »Müssen Sie mitten im Weg stehen?«, maulte der Radler. Erschrocken machte Lindt Platz.

So plötzlich konnte es geschehen. Wenn das jetzt der mit der Schlinge gewesen wäre ...

Er musste den schnellen Biker völlig übersehen haben – oder einfach nicht wahrgenommen? Er schüttelte den Kopf. Andauernd kam irgendwer vorbei. Kaum zwei Minuten vergingen, schon wieder war jemand da. Spätnachmittag musste hier wohl Hauptverkehrszeit bedeuten.

Und frühmorgens?, überlegte er im Weitergehen. Eine Menge Aussagen lagen mittlerweile im Präsidium. Alle von Leuten, die zur Tatzeit auf den Alleen unterwegs gewesen waren. Konnte da überhaupt einer ungesehen bleiben?

Vielleicht gab es ja auch gar kein Phantom, das im Dickicht untertauchte, sondern es war für den Täter viel effektiver, unauffällig in der Menge unterzutauchen.

Vielleicht hatte es dieser Schlingenzieher genauso gemacht wie er selbst jetzt bei seinem Nachmittagsspaziergang. Ein Jogger, der aus einem der kleinen Fußwege auf die Allee einbog, hätte als einer von vielen die beste Tarnung.

Und vor der Tat? Lindt blieb wieder stehen und

begann, seine eigene kriminelle Energie zu aktivieren. Wäre er an Stelle des Täters ...

Auf eine bestimmte Person hatte er es nicht abgesehen, darüber waren sich die SoKo-Mitarbeiter einig. Dann müssten eigentlich wenige Minuten genügen, um die Tat auszuführen. Ein harmlos scheinender Jogger, der am Wegesrand seine Dehnübungen macht und dabei die Allee stets im Überblick behält – ein argloses Opfer, das ihm begegnet – niemand sonst in Sicht – einholen – umwerfen – Schlinge über den Kopf und ab ins Unterholz. Der nächste Radler kommt vorbei und ahnt nicht, was noch eine Minute zuvor an dieser Stelle geschehen ist.

Es sprach einiges dafür, dass sich dieser fünfte Mord genau so abgespielt hatte. Zumindest hätte er auf diese Art funktionieren können.

Der Kommissar dachte an die mühselige Kleinarbeit der Sonderkommission. Die vielen Aussagen, die Fotos, jemand musste ihn doch gesehen haben ... aber warum erkannte denn niemand diese letzten vier Männer auf den Phantombildern?

Lindt lachte leise vor sich hin: Er wird wohl kaum unter denen sein, die brav ihre Aussage gemacht haben.

Schlagartig blieb er stehen. Und wenn doch? Wenn der Mörder sie alle schon wieder an der Nase herumgeführt hätte? Untergetaucht in der Masse derer, die ins Präsidium gekommen waren.

Lindt schlug sich mit der flachen Hand an die Stirn. Natürlich! Wenn er selbst gesehen worden war, hatte er ja gar keine andere Wahl, als die Flucht nach vorne.

Alle, die sich gemeldet hatten, mussten unbedingt überprüft werden. Aber wie? Im Laufschritt eilte er die letzten paar hundert Meter bis zum Auto. Im Loslaufen griff er zum Handy: »Jan, du und Paul, ihr müsst unbedingt noch warten, bis ich komme. Ja, bis in einer Viertelstunde. Und ruf den Kurzen an. Vielleicht erwischst du den auch noch am Schreibtisch. Es ist wirklich wichtig. Ja, den Ludwig brauchen wir auch. Dringend. Und Jan, mach Kaffee!«

12

»War ganz außer Atem, der Chef«, meinte Sternberg kopfschüttelnd zu Wellmann. »Wie, wenn er gerannt wäre.«

»Dann hat er was – todsicher. Ohne Grund hetzt der Oskar nicht so. Ich kenne ihn. Das habe ich schon ein paar Mal erlebt.«

»Du meinst, er ist auf der Fährte.«

»Wie ein Bluthund! Verlass dich drauf.«

»Vielleicht hat er das Phantom vom Hardtwald gesehen?«

Sternberg nahm den Hörer ab, um Staatsanwalt Conradi anzurufen. »Unser Chef hat irgendwo Blut geleckt. Könnten Sie noch vorbeikommen?«

Der Kurze sagte zu und auch Willms machte sich auf den Weg. Auf der Treppe wären alle drei fast zusammengestoßen. Vor allem Oskar Lindt hatte seine üblicherweise eher träge Art der Fortbewegung komplett abgelegt und kam von unten hochgehastet.

»Die Bilder«, japste er, »wir müssen alle durchsehen.«

»Das ist aber eine Riesenmenge, Oskar«, eilte Ludwig Willms hinter ihm her.

Lindt antwortete ihm über die Schulter und riss dabei die Bürotür auf. »Genau, du sagst es, Ludwig. *Menge!* In der Menge versteckt er sich, weil er glaubt, dass ihn dort keiner sucht!«

Sternberg schaute seinen Chef mit großen Augen an. »Also ich versteh nur Bahnhof.«

»Das wird sich gleich ändern. Haben wir Kaffee?« Jan nickte.

»Also dann, für mich bitte mit viel Milch, wir werden das Koffein brauchen.«

Auch Staatsanwalt Conradi hatte in Lindts Büro eine Stammtasse neben der altertümlichen Kaffeemaschine stehen. Als alle mit Treibstoff versorgt waren, begann der Kommissar zu erklären: »Ihr könnt mich ja auslachen und vielleicht ist es nur ein Hirngespinst, aber ich bin mir immer sicherer, dass dieser Serienkiller hier war.«

»Wo – hier?«, fragte Willms begriffsstutzig.

»Im Präsidium? Bei uns? Unmöglich!«, Sternberg schüttelte ungläubig den Kopf. »Das würde er doch niemals wagen, ausgeschlossen! Und wieso sollte er auch?«

»Jan, wer fällt wohl mehr auf: Einer, der geduckt durchs Unterholz schleicht, oder einer, der das tut, was alle tun? Joggen, Rad fahren, spazieren gehen oder sonst was.«

»Das kommt ganz drauf an, Chef. Einer, der sich gut tarnt, der fällt im Dickicht überhaupt nicht auf.«

»Aber irgendwann muss er mal raus auf die breiten Wege.« Wellmann begann zu verstehen, worauf Lindt hinauswollte. »Beim Morden lässt er sich nicht erwischen und ansonsten verhält er sich wie alle anderen, dann merkt garantiert keiner, wem er da gerade begegnet ist.«

»Vor der Tat und danach wird er aber sicherlich irgendwo wahrgenommen und erkannt«, setzte Tilmann Conradi den Gedankengang fort, »deshalb muss er sich auf jeden Fall bei uns melden.«

»Und aussagen, wen er selbst wiederum in diesem Zeitraum gesehen hat«, komplettierte Ludwig Willms.

»Wie wollen Sie nun vorgehen? Wozu brauchen Sie mich?«, wollte der Staatsanwalt wissen.

Lindt griff nach einer Pfeife und begann, sie mit seinem Presstabak zu stopfen. »Ich hab mir Folgendes gedacht ...«

Stufe eins von Lindts Plan sah vor, den Kreis der Verdächtigen erst einmal von allen ›scannen‹ zu lassen. Sternberg schloss dazu in Windeseile einen Beamer an seinen PC an und projizierte nacheinander 142 Digitalbilder an die Wand. Ab und zu gab jemand einen Kommentar ab:

»An den erinnere ich mich noch gut ...«

»Der hat einen total harmlosen Eindruck gemacht ...«

»Auf den ersten Blick dachte ich, der könnte es sein, aber er kam ja freiwillig ...«

»Eigentlich ganz nett ...«

»Ach, der mit dem Glasauge ...« Wellmann erinnerte sich noch, dass er die Aussage des Lehrers aufgenommen hatte.

»Kenn ich auch, wohnt bei uns im Haus«, antwortete Lindt. »Echt sympathisch.«

Weitere zweiunddreißig Bilder folgten, doch keinem aus der Runde fiel etwas auf, das einen der gezeigten Männer in besonderer Weise verdächtig gemacht hätte.

Nach eineinhalb Stunden fasste Lindt zusammen:

»Stufe eins erfolglos – Täter kann nicht näher eingegrenzt werden.«

»Stufe zwei?«, fragte Tilmann Conradi und schaute auf seine Uhr, denn als Staatsanwalt war er eher an einen pünktlichen Feierabend gewöhnt als die Ermittler.

»Dazu brauchen wir Ihre Hilfe«, antwortete Lindt dem Staatsanwalt. »Und deine auch!« Er schaute Ludwig Willms an. »Ich möchte Speichelproben von allen.«

»Aua«, entfuhr es dem KTU-Chef. »142 Mal ... hast du denn eine Ahnung, was das kostet?«

»Was kostet denn das nächste Opfer?«, kommentierte Paul Wellmann trocken. »Sollen wir mal versuchen, den Wert dieser Pianistin zu errechnen?«

»Meinst du, die bringt mehr als ein Student oder ein Alki auf seinem Mofa?«

»Schluss damit«, fuhr Lindt dazwischen. »Mir ist es gar nicht nach solchen Späßen und wenn ihr schon beim Geld seid – wir werden sehr sparsam anfangen. Zuerst reichen Wattestäbchen und Probenröhrchen. Vielleicht können wir uns ja die teuren Untersuchungen sparen.«

»Wieso denn das?« Jan Sternberg verstand den Gedankengang seines Chefs nicht.

»Also, nun mal im Einzelnen ...«, begann Lindt und schaute dabei zu Tilmann Conradi. »Das Ganze läuft natürlich nur mit Ihrem Einverständnis. Kopfnicken genügt und schon haben Sie für heute Feierabend. Den Rest schaffen wir dann noch alleine ...«

Um zehn Uhr am nächsten Tag herrschte drangvolle Enge im Konferenzraum. Lindt und Conradi bestanden darauf, alle Beteiligten der Aktion selbst zu instruieren. Neben sämtlichen SoKo-Mitarbeitern waren auch noch einige der jungen Bereitschaftspolizisten eingeteilt worden.

Ludwig Willms hatte 20 rote Kunststoffboxen vor sich aufgestapelt. Jan Sternberg stand neben ihm und hielt ein dickes Bündel Papier in der Hand.

»Immer zwei fahren zusammen«, begann Willms. »Jedes Team bekommt Namen und Anschrift von sieben oder acht Personen.«

Sternberg hielt die entsprechende Liste hoch.

»Eure Aufgabe ist, diese Männer aufzutreiben. Wenn ihr sie zu Hause nicht antrefft, müsst ihr sie suchen und vor allem finden. Am Arbeitsplatz, in der Kneipe, wo auch immer.«

Allgemeines Raunen ging durch den Saal.

»Ganz wichtig: Falls ihr von Dritten eine Auskunft braucht, um herauszufinden, wo sich diese Männer aufhalten, begründet ihr es damit, noch etwas nachfragen zu müssen. Erst, wenn ihr die Zielpersonen gefunden habt, kommt der Inhalt dieser Behälter zum Einsatz.«

Ludwig Willms öffnete bei einer Box die beiden Schnappverschlüsse des Deckels und holte ein durchsichtiges Kunststoffröhrchen heraus. Seitlich war ein Aufkleber mit Nummer und Strichcode angebracht. »Diese Nummern finden sich auf der Liste dort wieder. Jede ist einer bestimmten Person zugeordnet. Auf keinen Fall durcheinanderbringen!«

Oskar Lindt fuhr fort: »Ihr bittet um eine freiwillige Speichelprobe. Dadurch soll ein Abgleich mit den DNA-Spuren des zweiten Mordfalls erfolgen. Das müsst ihr den Probanden aber nicht gleich auf die Nase binden. Sagt halt was von Routineuntersuchung oder so.«

»Wenn sich einer weigert«, ergänzte Tilmann Conradi, »dann zeigen Sie ihm das hier.« Er hielt ein Papier mit dem Siegel der Staatsanwaltschaft hoch. »Diese Anordnung hat jedes Team in den Unterlagen.«

»Wenn er sich dann immer noch weigert?«, fragte eine frischgebackene Kommissarin, die von der Verkehrspolizei zur SoKo abgeordnet worden war.

»Dann ist derjenige dringend verdächtig. Bringen Sie ihn mit hierher«, antwortete Conradi.

Die Kommissarin bohrte weiter: »Es könnte ja sein, einer weigert sich und lässt die Probe erst nehmen, nachdem er diese Verfügung gelesen hat. Müssen wir den auch festnehmen?«

»Danke fürs Mitdenken«, lächelte Lindt, »die Frage ist, ob Fluchtgefahr besteht. Wir gehen sehr stark davon aus, dass einer dieser 142 Männer unser Täter ist. Wenn er jetzt merkt, dass er dem DNA-Test nicht entgehen kann, gibt er vielleicht doch eine freiwillige Probe ab und überlegt dabei schon, wie er sich danach aus dem Staub machen könnte. Aber auch daran haben wir gedacht. Jeder, der sich zuerst weigert und dann doch zustimmt, muss anschließend lückenlos observiert werden.«

»Von wem?« Die Kollegin blieb penetrant. »Der kennt uns dann doch.«

»Keine Sorge, unser MEK ist in Bereitschaft und wird durch fünf Zivilfahrzeuge vom LKA aus Stuttgart verstärkt«, konnte sie der SoKo-Chef beruhigen. »Ihr müsst nur sofort Meldung machen und so lange dranbleiben, bis die Kollegen übernommen haben.«

KTU-Chef Willms gab danach eine kurze Anleitung, wie mit den langstieligen Wattestäbchen durch den Mund der Probanden zu fahren wäre. »Unbedingt Handschuhe tragen und den Deckel des Röhrchens sofort verschließen.«

Abschließend informierte Jan Sternberg noch über technische Einzelheiten: »Alle Beteiligten schalten auf diesen Einsatzkanal.« Er zeigte auf die Vorderseite des Aktenbündels. »Sämtliche Meldungen laufen bei uns im Lagezentrum zusammen. Dort sind wir ständig mindestens zu viert. Auch der Herr Staatsanwalt ist dabei.«

Conradi nahm den Ball auf: »Schluss ist erst, wenn wir entweder 142 Speichelproben oder den Mörder haben!«

Die Kommissarin meldete sich ein letztes Mal: »Und wenn einer so schlau ist, dass er gleich freiwillig mitmacht und dann flüchtet?«

»Restrisiko«, nickte Lindt. »Aber alle können wir eben nicht observieren.«

Die Jagd begann um elf Uhr. Lindts engste Mitarbeiter besetzten zusammen mit dem Staatsanwalt und zwei Beamten der Schutzpolizei drei Funktische in einem separaten Raum neben der Zentrale.

Die erste Meldung kam um halb 12. Freiwillige Probe von Nummer 83. Sternberg markierte den Namen in seiner Tabelle grün. Bis um halb zwei waren bereits 27 Felder in derselben Farbe hinterlegt.

Dann die erste Unregelmäßigkeit. Ein Mitarbeiter im Kontrollcenter der Deutschen Flugsicherung in der

Rintheimer Querallee war an seinem Arbeitsplatz aufgesucht worden. »Massiver Eingriff in die Bürgerrechte«, kam über Funk. »Er wollte unbedingt erst die Anordnung der Staatsanwaltschaft durchlesen.«

Lindt und Conradi schauten sich an. »Hört sich zwar harmlos an, aber trotzdem erst mal observieren – vielleicht könnt ihr unauffällig rausbringen, wann er Dienstschluss hat.«

Eine Viertelstunde später war der Wagen des Mannes auf dem Parkplatz gefunden und ein verbeulter Fiat Croma bezog in der übernächsten Reihe Posten. Ein Ford Fiesta mit getönten Scheiben stand auf dem Parkstreifen gegenüber der Ausfahrt.

Gegen 16 Uhr kam die Polizeipräsidentin persönlich ins Lagezentrum. »Die Hälfte haben wir schon«, informierte Lindt. »74 Freiwillige und erst zwei, die beschattet werden.«

Gegen halb sechs rief eine erboste Rechtsanwältin an. Ihr Mandant, ein Architekt aus der Oststadt, sei in seinem Büro von zwei Polizisten ›bedrängt‹ worden. Der Freiberufler wollte der Polizei zwar gerne helfen, aber sichergehen, dass seine Daten nach der Aktion umgehend wieder gelöscht würden. Staatsanwalt Conradi konnte die Juristin schließlich überzeugen und vereinbarte Akteneinsicht.

Der Bewohner einer Adresse in der Waldstadt konnte zu Hause nicht angetroffen werden. Auch in seiner Schule in Neureut, die von einer hilfreichen Nachbarin genannt worden war, fand ihn das Einsatzteam nicht. Die Schulleitung gab als Auskunft, der Kollege sei momentan nicht im Dienst.

Oskar Lindt hörte die Funkmeldung mit. »Bitte später noch mal versuchen, ich kenne ihn persönlich – auch die näheren Umstände. Hat gerade eine unangenehme Sache am Hals. Ist so ein sportlicher junger Typ, der dreht bestimmt eine Runde auf seinem Mountainbike.«

Gegen halb sieben wurde Tilmann Conradi unruhig. Nicht dass er sich etwa hätte drücken wollen, aber er war eben ein Mensch mit festen Gewohnheiten. Einigermaßen pünktlich Feierabend zu haben und den Abend zusammen mit seiner Frau bei einem stilvollen Menü zu genießen, gehörte dazu.

Ebenso eine kleine Runde bis hinüber zum Wald, wo sich Alba noch ein wenig austoben durfte. Das kleine, fast reinweiße Temperamentsbündel wartete jeden Tag sehnsüchtig auf seine Rückkehr, begrüßte ihn mit wilden Freudensprüngen und schielte schon während des Abendessens andauernd zur Garderobe. Dort hing die kunstvoll bestickte Ausgehleine immer am vordersten Haken.

Nachdem sich die Zahl der Observationen bis kurz vor sieben gerade mal auf vier erhöht hatte und insgesamt nur noch 12 Personen fehlten, getraute er sich, die Kollegen der Kriminalpolizei nun alleine zu lassen.

»Über Handy können Sie mich jederzeit …«

Lindt nickte lächelnd. »Kein Problem, wenn wir ihn haben, schicke ich einen Wagen.« Er hatte sich schon gewundert, dass Conradi es überhaupt so lange aushalten konnte.

Kaum hatte er das Präsidium verlassen, drückte der Staatsanwalt die Eins auf seinem Mobiltelefon. Seit 17 Uhr war es schon das vierte Mal: »Jetzt konnte ich endlich wegkommen.«

»Sie wartet schon so sehr – am besten ihr geht noch vor dem Essen.« Die Stimme seiner Frau klang leicht vorwurfsvoll.

20 Minuten später waren ein kleiner weißer Jack-Russell-Terrier und ein kleiner leicht angegrauter Hundebesitzer bereits unterwegs. Mit aller Kraft zog die Hündin an der Leine. Hin zum Wald, endlich richtig Auslauf – ›Frauchen macht mich ja nie los‹ – endlich Stöckchen apportieren, in Kaninchenlöchern buddeln und voller Freude in die Höhe springen.

Auf dem Gehweg strebten die beiden vorwärts, mal begrenzten Jägerzäune, mal dichte Hecken oder grüner Maschendraht die Grundstücke dahinter. Die Villa hinter der hohen, weiß gekalkten, mit mediterran anmutenden Mönch- und Nonnenziegeln gedeckten Mauer war vor Kurzem verkauft worden. In den letzten Tagen hatten öfter die Kastenwagen verschiedener Handwerker davor geparkt. Einer musste wohl vergessen haben, das schmale schmiedeeiserne Gartentörchen zu schließen. Alba schnupperte neugierig hinein. Conradi zog sie zurück, dachte ›Schlamperei‹, doch, was dann geschah, dauerte nur Sekunden.

Ein dunkler Schatten löste sich aus dem riesigen Rhododendronbusch hinter der Mauer, schnellte mit vier langen Schritten nach vorne. Muskulöse Arme stülpten dem kleinen Staatsanwalt die Schlinge über den Kopf und rissen ihn rückwärts durch das offene Tor ins Halbdunkel. Der schmale, leichte, vor Schreck erstarrte Mann gab keinen Widerstand. Er flog fast, so kräftig zerrte ihn der Schwarze hinein. Wie glühend schnitt das Metall in den Kehlkopf, ihm wurde schwarz vor Augen, doch gleichzeitig hörte er einen grässlichen Schrei, der Druck gab nach, der Draht riss sich wieder aus seiner Haut. Er fiel rückwärts, kaum gewahrte er den schwarz maskierten Kopf, dann schlug er hart auf.

Wütendes Kläffen holte ihn zurück. Er fühlte Nässe in seinem Gesicht, gleichzeitig wahnsinnige Schmerzen. Kopf, Hals, überall. Er schlug die Augen auf, seine Hand krampfte um die verzierte Leine. Schemenhaft erkannte er zwei Personen. Die Hündin bellte, geiferte, fletschte die Zähne, schäumte gleichzeitig. Die Schatten wichen erschrocken zurück. Blieben in sicherer Entfernung auf dem Gehweg. »Alba – aus!«, wollte er befehlen, aber er brachte keinen Ton heraus. Langsam kam er hoch, fühlte an seinen schmerzenden Hals, starrte auf die Hand voller Blut, hörte noch: »Ein Arzt, die Rettung!«, dann kippte er wieder nach hinten.

Martinshörner weckten ihn zum zweiten Mal. Grün, zwei weiße Mützen, etwas flog durch die Luft, das wilde Kläffen klang gedämpfter. Eine Hand löste die Leine aus seinen erstarrten Fingern. Zwei Arme schnappten etwas Zappelndes unter einer braunen Decke, eine Autoklappe schlug zu – Stille.

Dann beugten sich die beiden Polizisten zu dem am Boden Liegenden. »Die Halswunde«, rief der eine und rannte zurück zum silbergrünen Kleinbus, von dessen Dach blaue Lichter blitzten.

Conradi versuchte wieder zu sitzen. Der Uniformierte kniete neben ihm, stützte ihn am Rücken. Er rang nach Luft, wollte etwas sagen – vergeblich. Die Schmerzen waren kaum auszuhalten. Sein ganzer Körper zitterte. Wieder Sirenen – später konnte er sich an nichts mehr erinnern.

Fassungslos standen drei Kriminalbeamte auf dem Gehweg vor der weißen Mauer. Ein älterer, rundlicher schüttelte immer wieder stumm den Kopf, als wollte er all das nicht wahr haben. Bestürzt hatte er die Arbeit des Notarztes an dem Bewusstlosen mit angesehen. Gerade verschwanden die Rücklichter des Rettungswagens um die Ecke.

Zuerst völlig unfähig, etwas zu sagen, versuchte er nun wieder mühsam, einen klaren Gedanken zu fassen. »Ringfahndung?«, presste er heraus und schaute seinen jüngeren Kollegen an.

»Läuft längst«, antwortete Jan Sternberg knapp.

»Können Sie mal?« Ein Schutzpolizist zeigte zu dem VW-Bus, mit dem er vom nahen Revier Waldstadt gekommen war.

Lindt folgte ihm und spähte von oben durch die Heckscheibe ins Fahrzeug hinein. Ein kleiner weißer Hund lag dort unten auf einer braunen Decke. Vorsichtig drückte der Kommissar den Griff und zog die Klappe einen Spalt weit auf. Alba regte sich nicht. Er wagte es, vollends zu öffnen, und setzte sich auf die Stoßstange. Langsam kroch ihm die Hündin entgegen.

Ihr Stummelschwanz begann leicht zu schlagen. Ein vertrauter Geruch – schon oft waren sie sich beim Spaziergang begegnet. Manchmal hatte sie beim Hochspringen seine Hose beschmutzt.

Lindt streckte die Hand aus und berührte zaghaft ihren Kopf. Langsam fuhr er darüber, fasste mit der anderen Hand nach und zog das zitternde Bündel auf seinen Schoß, wo er sie mit seinen Armen umschloss.

»Paul«, rief er halblaut und zeigte auf die Schnauze der Jack-Russell-Hündin. »Entweder von Conradi oder …«

Auch Wellmann sah Rot im weißen Fell. »… oder sie hat ihn gebissen.«

»Hundeführer?«

Ein Uniformierter antwortete. »Hab meinen dabei.« Er zeigte auf einen E-Klasse-Kombi. Der Kommissar sah einen breiten Schatten in der eingebauten Box.

»Hast du ein Tempo?« Lindt nahm das Papiertaschentuch, wischte die Schnauze von Alba sauber und reichte es weiter. »Vielleicht findet sich dort drin noch mehr davon.« Er zeigte durch das Gartentor hinein in das Grundstück mit der leerstehenden Villa.

Der Schatten entpuppte sich als massiger Rottweiler. Er wurde angeleint und verschwand zusammen mit seinem Herrn hinter dem riesigen Rhododendronbusch. Jan Sternberg und mehrere Uniformierte folgten ihm in gebührender Entfernung.

Oskar Lindt blieb unbeweglich sitzen. Seine kräftigen Arme beschützend um das kleine Hündchen gelegt, sah es fast so aus, als wollte er in dieser Stellung unter der offenen Heckklappe des Polizeibusses die Nacht verbringen.

»Ich muss es ihr sagen«, hob er nach langen Minuten schließlich wieder seinen Kopf. »Fährst du mich?«

Wellmann nickte und hielt seinem Kollegen die breite
Beifahrertür des weinroten Citroëns auf. Sie fuhren nur
eine Minute, doch als Lindt öffnete, um auszusteigen,
machte Alba einen Satz, schüttelte sich und zog ihn an
der Leine zur Haustür.

Eine Stunde später steuerte der Hauptkommissar das
Städtische Klinikum an. Neben ihm saß Sibylle Conradi,
eine gepflegte zierliche Frau, noch ein Stückchen kleiner und noch etwas schmaler als ihr Mann. Sie schwieg,
schnäuzte ab und zu in ein weißes Stofftaschentuch
und gab sich alle Mühe, nicht mehr in ihren geröteten
Augen zu reiben. Alba kauerte auf dem Veloursteppich
im Fußraum des Dienstwagens.

Der Funkspruch von Jan Sternberg kam beim Aus-
steigen. »Chef, der Hund hat eine schwarze Maske
gefunden. Ja, so 'ne Sturmhaube. Sieht aus, als wäre
auch ein klein wenig Blut drangeschmiert.«

»Wo?«

»Nicht weit von der Büchiger Allee.«

»Beim Tennis?«

»Genau, keine 50 Meter entfernt.«

»Maske ins Labor.«

»Ist schon.«

Lindt überlegte kurz: »Alle Bereitschaftsärzte und
Krankenhausambulanzen abklappern. Das können
unsere Zivilfahnder machen, ja auch die vom LKA.
Mann mit Hundebiss.«

»Verstanden, Chef!«

»Ach, Jan, lass auch die diensthabenden Apotheken anfahren. Vielleicht hat er irgendwo Verbandsmaterial gekauft.«

»Okay, werd ich gleich veranlassen. Für den Hund ist hier übrigens Schluss. Ende der Fährte. Wahrscheinlich hatte der Kerl im Gestrüpp ein Fahrrad deponiert. Reifenspuren von 'nem Auto gibts jedenfalls keine.«

»Informier unsere sämtlichen Kräfte. Lass Streifen im Wald fahren. Vorerst bleiben noch alle im Einsatz. Ich bin jetzt mit Frau Conradi im Klinikum.«

Erstaunlich wenige Kabel und Schläuche verbanden den Staatsanwalt mit den Überwachungsgeräten der Intensivstation. Verbände an Kopf und Hals zeugten von dem, was vorgefallen war, aber sonst sah es so aus, als würde Conradi friedlich schlafen.

Der diensthabende Oberarzt strahlte Ruhe aus: »Zuerst hatten wir echte Bedenken, aber die Befunde unserer Computertomographie lassen hoffen, dass es Ihrem Mann bald wieder besser geht.« Sibylle Conradi atmete hörbar auf und auch Lindts beklemmendes Gefühl, das wie ein eiserner Ring seine Brust umspannte, begann sich zu lösen.

Der Notarzt hatte den Staatsanwalt noch am Tatort sicherheitshalber narkotisiert und über einen Tubus künstlich beatmet. »Diesen Luftschlauch«, erklärte der Intensivmediziner, »konnten wir vor zehn Minuten ziehen. Die Eigenatmung reicht völlig aus.«

»Und die Verbände?«, fragte Lindt leise.

»Platzwunde am Hinterkopf, Gehirnerschütterung«, begann der Arzt die Verletzungen aufzuzählen. »Und am Hals eine ringförmige Weichteilverletzung, früher sagte man Fleischwunde dazu. Wir vermuten aber, dass nicht viel gefehlt hat, um den Kehlkopf einzudrücken.«

Der Kommissar schaute Frau Conradi an: »Tapfer, Ihr kleiner Hund. Wenn der nicht zugeschnappt hätte …«

Lindt verzog sich diskret nach draußen. Im Stationszimmer gab er der leitenden Schwester seine Karte. »Falls er aufwacht und irgendwas sagt – rufen Sie mich bitte sofort an, und wenn es um halb vier heute Nacht ist. Darf ich?« Er nahm einen Leuchtstift vom Schreibtisch und markierte die Handynummer extra dick.

Die Wunde an seinem Oberschenkel schmerzte mehr und mehr. In dem verlassenen Pennerlager mitten im dichten Unterholz streckte er sich auf einem verdreckten Schlafsack aus, den einer der Obdachlosen hier zurückgelassen hatte. Schon vor Wochen war ihm dieser Platz aufgefallen und immer wieder hatte er seine Joggingrunden unterbrochen, um durch den Jungwuchs zu kriechen und hier hereinzuschauen. Eine halbmetertiefe Grube, gut drei Meter im Durchmesser, kuppelförmig abgedeckt mit hochgestellten Ästen, alten Latten und brüchigen Kanthölzern, hoch genug, um hineinzukriechen und darin zu liegen oder gebeugt zu sitzen. Gegen Regen schützten einige Fetzen halbverrotteter LKW-Planen.

Es war schon fast dunkel gewesen, doch mit der abnehmbaren LED-Leuchte seines Bikes hatte er den Durchschlupf zum Lager trotzdem sicher gefunden. Nach Hause konnte er nicht, noch nicht. Am besten, wenn wieder viele unterwegs sind.

Die Blutung stand zwar, aber dieser flinke kleine Mistköter hatte seine spitzen Zähne tief in den Muskel geschlagen. Echt verkalkuliert, ärgerte er sich. Anscheinend sind nicht alle Hunde so feige wie der schwarze vor ein paar Tagen.

Noch viel schlimmer war für ihn aber, dass er zum ersten Mal sein Ziel nicht erreicht hatte. Seine sechste Tat hätte eigentlich alle vorherigen übertrumpfen müssen, in den Schatten stellen, blass aussehen lassen.

Dieser kleine Wichtigtuer von Staatsanwalt, der sich schon nach der ersten Tat gemeinsam mit dem dicken Kommissar im Fernsehen zeigte, dieser schmierig grinsende, völlig unbedeutende Rechtsverdreher, der allabendlich im Wald mit seinem kleinen weißen Hündchen spielte – ach was, das war eine größere Ratte, gar kein Hund – dem hätte er wirklich zu gerne das Lebenslicht ausgeblasen.

Schon seit Tagen hatte er sich ausgemalt, wie die Presse darüber schreiben, was die Radiokommentatoren zu den Misserfolgen der Polizei über den Sender jagen und wie eine Herde von Kameraleuten den Tatort filmen würde. Ja, dieser Platz, er fand ihn schlichtweg genial. Diesmal nicht im Wald oder im Schutz der Dunkelheit, sondern mitten in der Waldstadt, wollte er hinter der noblen Mauer lauern, ihn direkt von seinem Abendspaziergang einfach so wegpflücken, hineinzerren in das dicht bewachsene Grundstück und mit aller Kraft an der Schlinge ziehen, bis auch die letzten Zuckungen aufhörten.

Er drehte sein Bein etwas zur Seite – aaah, wie schmerzhaft doch Hundebisse sein konnten – und zog die aufgerollte Garotte aus der Hosentasche. Zärtlich strich er über den Draht und begann im Dunkeln die verkrusteten Blut- und Hautreste seines Fast-Opfers abzupopeln. Er fühlte die fünf lackierten Ringe an den Hölzchen. Nein, lila musste noch warten. Nur Erfolge wurden verewigt.

Es konnte ihn niemand gesehen haben, darüber war er sich sicher. Zudem hatte er vorsichtshalber seine schwarze Sturmhaube übergezogen. Erst wollte er darauf verzichten, jetzt war er froh, dass er sein Gesicht doch verborgen hatte.

Auch sein Rückzugsweg war wieder peinlich genau geplant gewesen. Zwei Mal, als die Handwerker Feierabend machten, hatte er sich in den Garten gewagt und die Strecke entlang der leerstehenden Villa bis zum hinteren Ausgang eingeprägt. Auch den Pfad durch den lichten Wald bis zur Büchiger Allee, wo er sein Bike gut gesichert abgelegt hatte, war er mehrmals gegangen. Das Risiko, gesehen zu werden? Echt gering! Schade, dass ihm die Maske beim Aufsteigen aus der Hand gerutscht war, aber solche gab es ja in jedem Motorradshop.

Es zog und pochte in der Bisswunde und seltsam, auch seine Gesichtsnarbe spürte er aufs Mal. Das kam nur ganz selten vor, etwa dann, wenn er sich besonders anspannte. Trotzdem fiel er nach zwei Stunden in einen unruhigen Schlaf.

Ungefähr zur gleichen Zeit ließ bei einem Patienten im Städtischen Klinikum die Wirkung der Schmerz- und Beruhigungsmittel nach. Auch er wurde unruhig, begann zu stöhnen und sich herumzuwälzen. Die Schwester im

Stationszimmer bemerkte es an den schnelleren Herz- und Atemfrequenzen auf dem Überwachungsmonitor. Am übernächsten Intensivplatz war eine Anästhesistin dabei, den Perfusor für die Morphingabe bei einem frisch operierten Krebspatienten neu einzustellen.

»Bett vier wird unruhig«, erhielt sie als Meldung.

»Neuer Tropf mit höherer Dosierung«, antwortete die Ärztin, ohne aufzuschauen.

Die neue Infusion wurde gerade angehängt, da schlug Tilmann Conradi plötzlich die Augen auf. Seine Hand griff nach dem Kittel der erschrockenen Schwester. Er öffnete den Mund, seine Lippen formten ein Wort, doch das leise heißere Krächzen war fast nicht zu verstehen. Sie beugte sich hinunter, doch der kleine Staatsanwalt sank schon wieder zurück ins Kissen.

Die Narkoseärztin schaute herüber. »Hat er was gesagt?«

»War kaum zu hören.« Zweifelnd beobachtete die Intensivschwester ihren Patienten. »Aber ich soll sofort anrufen, auch mitten in der Nacht.« Sie schloss für einen Moment die Augen. Ja, so hätte es heißen können. Vielleicht war es wichtig? Entschlossen wählte sie die Handynummer.

Schon nach dem zweiten Ton meldete sich Lindt. Seine Stimme klang überhaupt nicht verschlafen.

»Klinikum, Intensivpflege, Schwester Almut.«

»Ist er wach?«

»Nein, das nicht, aber …«

»Er hat was gesagt!«

»Ich konnte es nur ganz undeutlich verstehen.«

»Bitte!«

»*Das*, so hat es sich angehört, *das* und noch ein Wort.«

Lindt zögerte. Damit konnte er im Moment nichts anfangen, doch er entschied sich schnell.

»Ich komme, falls er noch mal ...«

Bevor die Schwester widersprechen konnte, hatte er aufgelegt.

Sein Wecker zeigte kurz vor halb drei. Egal, er war jetzt hellwach und würde ohnehin nicht wieder einschlafen können.

Auch Carla hatte die Augen offen. »Ich fahr ins Klinikum. Conradi hat was gesagt.«

Sie nickte und drehte sich wieder um.

Ein junger Pfleger mit gegeltem Igelschnitt öffnete auf das Klingelzeichen des Kommissars. »Ziehen Sie bitte einen der Kittel dort über.«

Lindt suchte wieder den größten der Umhänge aus und zwängte sich hinein.

»Bitte, wenn Sie sich daneben setzen wollen.« Schwester Almut zeigte auf den Stuhl an Conradis Bett.

Er nickte und nahm Platz.

»Wir haben ihm allerdings noch etwas gegen die Schmerzen gegeben. Unsicher, ob er so schnell wieder wach wird.«

»Macht nichts, ich hätte jetzt sowieso keinen Schlaf mehr bekommen.«

Oskar Lindt drehte den Stuhl so, dass er das Gesicht des Staatsanwalts sehen konnte. Immer freundlich, niemals von oben herab, befehlend oder zynisch. Ein echt angenehmer Mensch. Sogar im Schlaf schien er sanft zu lächeln.

Auch die Gesichtszüge des Kommissars entspannten sich.

Fast zwei Stunden saß er nahezu unbeweglich da und beobachtete Conradi. Der Staatsanwalt – auch ein willkürliches Opfer? Langsam glaubte er nicht mehr an den Zufall, zumindest nicht bei Conradi.

Lindt gab sich alle Mühe, seine Gedanken kreisten, doch er fand keinen Ausweg, keine Lösung. Schleichend holte die Müdigkeit den Kommissar ein. Trotz des harten Kunststoffstuhles kippte ihm aufs Mal der Kopf nach vorne.

Diese ruckartige Bewegung war nicht unbemerkt geblieben. »Ich bringe Ihnen einen Kaffee.«

»Keine schlechte Idee«, antwortete Lindt. »Sonst fallen mir die Augen doch noch zu.«

Entgeistert blieb Schwester Almut stehen: »Auge, das ist es. Das zweite Wort. Auge hat er gesagt. *Das Auge*, doch, bestimmt.«

»Kann es ihm denn wehtun, ist er dort auch verletzt?«

»Eigentlich nicht …«

Prüfend schaute der Kriminalist abwechselnd zu Conradi und zur Schwester.

»Bitte mit viel Milch«, sagte er schließlich.

In Lindts Kopf arbeitete es wieder fieberhaft. Der Anfall von Müdigkeit war wie weggeblasen. Er versuchte, sich alle Einzelheiten der monatelangen Ermittlungszeit ins Gedächtnis zurückzurufen. Verzweifelt überlegte er hin und her. Seinen Kaffee hielt er krampfhaft mit beiden Händen fest, doch er trank nicht.

Stutenseer Allee, Friedrichstaler Allee, Freudenstadt, Ruhestein, die Pianistin an der Rintheimer Querallee …

»Keine Chance, ich komm nicht drauf«, sagte er schließlich und leerte schnell den Becher. Er mochte seinen Milchkaffee ohnehin lieber, wenn er fast kalt war.

»Vielen Dank«, erhob er sich, schaute nochmals zurück zu seinem freundlichen Nachbarn, dem friedlich schlafenden Staatsanwalt, und reichte Schwester Almut die Tasse. »Eine Dusche wird gut tun. Vielleicht fällt mir dann was ein.«

»Falls er noch mal spricht, höre ich besser hin«, lächelte sie. »Versprochen!«

Gemächlich und ganz in Gedanken schlenderte der Kommissar zum Wagen, machte für frische Brötchen Halt an einer Bäckerei und steuerte dann über den Adenauerring die Waldstadt an. Kurz vor sechs, langsam wurde es hell. Erstaunlich viele Frühaufsteher waren schon unterwegs.

Er stellte den Citroën ab, schloss auf und stieg die beiden Treppen hinauf zum ersten Stock. Vor seiner Wohnungstür blieb er stehen. Carla würde ihn bestimmt hören – nein, er wollte sie noch nicht wecken.

Seufzend setzte er sich auf die oberste Stufe. Das Treppenlicht ging aus. Er saß im Halbdunkel.

In seinem Kopf arbeitete es ständig weiter. *Das Auge*, die Schwester schien sich wirklich sicher zu sein. Resigniert schüttelte er den Kopf. Nein, er konnte nichts damit anfangen. Aber vielleicht Paul und Jan oder Eschenberg nachher bei der Besprechung.

Er schrak zusammen. Unten wurde die Haustür aufgeschlossen. Wer konnte denn so früh …?

Lindt war zu müde, um aufzustehen und hinunterzusehen.

Ein Fahrrad wurde durch den Flur zum Keller geschoben, soviel konnte er hören.

Dann schaltete jemand das Licht für oben ein.

Schritte, komisch unregelmäßig. Jetzt auf dem Treppenabsatz. Der Mann bemerkte die breite sitzende Gestalt.

»Sie warten auf mich!«, sagte er und atmete tief durch. Es hatte nicht den Klang einer Frage.

Lindt sah in sein Gesicht. Ein Schauer schüttelte ihn: *»Glasauge.«*

ENDE

Kriminalhauptkommissar Oskar Lindt ermittelt:

GMEINER SPANNUNG

WWW.GMEINER-VERLAG.DE
Wir machen's spannend

Sandra Grauer
Blut im Schuh
Kriminalroman
368 Seiten, 12,5 x 20,5 cm,
Broschur
ISBN 978-3-8392-0846-5

Die alleinerziehende Kriminalkommissarin Katharina
Danninger ist gerade erst nach Jahren in Mann-
heim zurück nach Friedrichshafen gezogen, schon
erschüttert ein Verbrechen die Idylle am Bodensee:
In einem Feld wird eine ermordete Frau gefunden.
Katharina erkennt in ihr ihre ehemalige Schulkamera-
din Anna wieder, einst das Aschenputtel der Klasse.
Rasch geraten alte Mitschüler ins Visier der Ermittlungen, während Katharina zunehmend mit den
Schatten ihrer eigenen Vergangenheit zu kämpfen
hat. Bis ein weiterer Mord alles auf den Kopf stellt.

GMEINER SPANNUNG

WWW.GMEINER-VERLAG.DE
Wir machen's spannend

Sarah Tischer
Letzte Chance Baden-Baden
Kriminalroman
288 Seiten, 12,5 x 20,5 cm,
Broschur
ISBN 978-3-8392-0885-4

Maxi Morel, Inhaberin einer kleinen Privatdetektei,
übernimmt einen scheinbar harmlosen Auftrag:
Sie soll eine Croupière des eleganten Baden-Ba-
dener Casinos beschatten. Als diese verschwindet,
befürchtet Maxi Schlimmes. Plötzlich passiert ein
grausamer Mord und Maxi erhält einen weiteren
Auftrag. Hängen die beiden Fälle etwa zusammen?
Während Maxi tief in die Ermittlungen eintaucht,
geht es auch im Privatleben der jungen Halbfranzö-
sin rund, steht Maxi doch zwischen zwei Männern …

GMEINER SPANNUNG

WWW.GMEINER-VERLAG.DE
Wir machen's spannend

Erich Schütz
Erblast
Kriminalroman
384 Seiten, 12,5 x 20,5 cm,
Broschur
ISBN 978-3-8392-0872-4

»Lass die Toten ruhen!«, fleht Jakobs Mutter, als sie
von den Knochen im Feuerlöschteich ihrer Eltern
erfährt. Die Knochen gehören zu einem Mann, der
vor 70 Jahren, um das Kriegsende 1945, ermordet
wurde. Für Jakob stellt sich die Frage: Ist der Tote
Otto Simon, sein Vater und ein Gestapo-Polizist,
der seit Kriegsende als vermisst gilt – oder Levi
Roth, ein Jude, den seine Mutter damals versteckt hatte? Je tiefer Jakob in die Vergangenheit
seiner Familie eintaucht, desto unsicherer wird er,
welcher der beiden Männer sein leiblicher Vater
ist, und wer damals wen umgebracht hat ...

GMEINER SPANNUNG

WWW.GMEINER-VERLAG.DE
Wir machen's spannend